AF445990

Allein unter Männern – Küchendienst

Erotische Großerzählung Teil 3

Anabelle Niru
April 2022

Covergestaltung: Anabelle Niru

Teil der Romanlandschaft Kap Kishon

Vorwort

Debby, die junge Frau mit dem platinblonden Haar, war verzweifelt, stand am Straßenrand und wusste nicht mehr aus noch ein. Ihr Leben schien ein Trümmerhaufen zu sein und zu allem Elend hielt niemand an und nahm sie mit.

Bis auf Kink. Kink hielt an, denn er verwechselte sie mit einer Prostituierten und nahm Debby aus Sympathie dann schließlich mit. Und ein wenig verliebt war er auch, und zwar sofort, denn Debby ist niedlich.

In einem alten Wohnwagen auf dem Bauernhof seines Vaters wollte er sie unterbringen, aber er hat die Rechnung ohne seinen Bruder Wolle gemacht.

Auch Wolle ist angetan von der jungen Frau, denn sie hat – sehr angenehm – nichts an. Das gefällt ihm und die beiden Brüder kooperieren, helfen Debby gemeinsam und haben sie bei ihrem Vater vorgestellt, damit sie bleiben darf. Das scheint gelungen zu sein. Die Vorstellungsrunde war erfolgreich und Wolle und Debby bringen Kink die frohe Kunde. Sie darf bleiben bis auf Weiteres.

Zur Feier des Tages – es lockt Debby so sehr – steht sie vorgebeugt im Stall über dem Futtertrog und hält hin für ihren Freund. Einfach schön.

Das ist der aktuelle Stand zu Beginn des dritten Teils. Schauen wir einmal hin, wie es weitergeht.

Übrigens, und das nur zur Klärung nebenbei: Dies ist eine erotische Geschichte mit sehr viel Devotion und Anleihen bei BDSM. Sie ist reine Phantasie und immer ist auch Augenzwinkern dabei.

Natürlich ist das alles frei erfunden und niemals denkbar und kein gutes Frauen- oder Männerbild. Hier geht es um besondere Erotik, dem Spiel mit der Lust. Es ist rein Fiktion und nicht denkbar in der Realität. Diese Erzählung

ist ein Service für den Leser und die Leserin. Eine warme, heiße Erzählung hoffentlich.
Wer weitere, tiefere Erzählungen ähnlicher, feinerer oder gröberer Art sucht, der schaue sich doch einmal um auf der Romanwelt Kap Kishon. Ganz viel gibt es davon.

Und nun: Viel Spaß

10. Kapitel

„Oh Gott ist das geil! Oh Gott ist das geil!", stöhnt er und fickt von hinten in sie hinein. Es ist ein fabelhaftes Gefühl an seinem Schwanz, eng, dicht und es ist, als ob er durch eine enge Wandung fickt, denn sie steht gut. Breitbeinig, ein wenig in die Knie gebeugt kann Debby ihren Po nach hinten herausstrecken und sich zwischen dem Stahlgestänge der Futtertröge und seinem Druck einspannen. Richtig gut und angenehm ist das.

Ein Fick im Stall über dem Futtertrog.

Bei jedem Hub klatscht er mit seiner Front gegen ihren Hintern und der Schwanz steckt schön tief. Von hinten ist es einfach das Beste. Sie wird nicht kommen können, dafür reicht es nicht, aber es ist sehr angenehm so genommen zu werden. Schön von hinten, mitten in einen Stall und die Schwalben fliegen unter der Decke hin und her.

Das erste Mal – so kommt es ihr vor – ist Kink mit voller Begeisterung dabei. Er hat ihre Taille gepackt und fickt hart. Ihr scheint, als sei er befreit. Wahrscheinlich ist er so erleichtert, dass sie bleiben darf, denkt sie, schließt die Augen und genießt. „Ja, fick mich durch, das ist toll", seufzt sie und drückt den Rücken durch. Voll rein in den Schlitz, wunderschön.

„Du bist so geil, so geil, so geil", ächzt er und rammelt immer weiter. Kann gar nicht anders, muss das jetzt. So wie er zunächst gezögert hat, so sehr will er jetzt und schiebt in ihr. Debby lächelt und ihr blondes Haar schaukelt und den Hüben von hinten. Sie freut sich über seine Begeisterung. Und das auf den hohen Absätzen ist einfach gut. Komfortabel, denn die Höhe stimmt und mit durchgedrückten Beinen fühlt es sich eng-angespannt an.

„Ich komme", grunzt Kink, noch zwei Hübe dauert es noch und dann presst er ihre Hüfte an seine und spritzt in sie hinein, zuckt noch hinter ihr und behält ihn einen

Moment drin. Er wartet, bis alles aus seinem Schwanz gesickert ist. Er will sich entleeren, dann gibt er sie frei und tritt einen Schritt zurück.

„Warte, ich will noch sauberlecken", haucht Debby, dreht sich herum, streckt sich einmal nackt und schlank, wie sie ist, denn gestaucht wurde sie bei jedem Hub. Sie geht in die Hocke vor ihm, er aber will bereits seine Hose wieder hinaufziehen. „Brauchst du nicht, musst das nicht schlucken", spricht er außer Atem, aber sie hat seinen Schwanz bereits in ihren Mund gesteckt und lutscht das Sperma ab. „Will ich aber. Ich will die Schwänze ab jetzt sauber lecken, genau wie die Nutten", schwärmt sie und lutscht erneut. Es macht ihr nichts aus, nein im Gegenteil, es schmeckt richtig gut. Der Schwanz war in ihr und hat dort abgespritzt. Sämig liegt die Masse auf ihre Zunge und schlüpft in ihrem Mund.

„Hast du erzählt, dass die das so machen, oder nicht", erklärt sie lächelnd und schiebt mit der Eichel Sperma über ihren Lippen. Ihr Blut rauscht, es ist geil so zu hocken. Sie genießt noch einen Moment. Zuckenden Schwanz im Mund und ihre Muschi vibriert angenehm nach, was will sie mehr?

Sie richtet sich auf, behält aber seinen Schwanz in der Hand, pumpt entspannt mit lockerer Hand. Zufrieden legt er seine Hände auf ihre Brüste und beide strahlen einander an. „Das war toll. Ich werde sehr gerne von hinten gefickt", haucht sie ihm zu und er grinst breit. Sein Blick tastet in ihrem Gesicht. „Ist dir das nicht zu viel, ich meine einfach so im Stall und so?", fragt er, aber sie schüttelt den Kopf und ihre Haare pendeln hin und her. „Nein, das ist mega. Ab jetzt vögelst du mich immer, wenn du willst. Egal ob im Stall oder irgendwo sonst. Ich muss mich hinstellen und werde gefickt. Nicht fragen. Bitte nicht fragen, ich mag es, wenn du einfach machst", versichert sie und schiebt ihren Daumen über seine Eichel wie zur Rückversicherung. Er massiert zart ihre Brüste, glaubt nicht, was sie da spricht. Das kann einer Frau nicht gefallen, so sind Frauen nicht denkt er und begreift Debby nicht.

„Und das auf den hohen Absätzen ist geil, das mit den Highheels, das ist genau richtig, so kannst du wunderbar hinein", freut sie sich und strahlt in an in Begeisterung.
„Das sieht unglaublich aus, du nackt in den Heels, ich meine, wie du hier herumstöckelst damit und nur den dünnen, pinken Bändchen an den Waden und sonst nichts an", haucht er und schluckt. Sein Adamsapfel springt hinauf. Debby lächelt, er ist einfach zu niedlich, einfach süß, wie er da steht und sie verliebt anschaut. Er mag sie wirklich, ist ihr klar und ihr Herz schlägt freudig. „Ab jetzt bin ich immer nackt und auf Highheels, versprochen. Den ganzen Tag immer und überall und egal was ich mache, und du versprichst mir, mir zu ficken, immer wenn du willst, egal wo ich bin?", bietet sie an und er lächelt und will sie küssen, sie aber hält ihn zurück. „Versprich es mir!", fordert sie mit dringlichem Blick. Er grinst und seine Augen funkeln. „Versprich mir ohne Rücksicht, egal wo, egal wann", fordert sie ein und tippt mit ihrer freien Hand auf die Front seines T-Shirts. Er nickt und grinst noch breiter jetzt. „Ich verspreche es", lenkt er ein. Ihr Augenkontakt hält. „Ich darf bleiben, verstehst du? Ich bleibe jetzt hier auf dem Hof, und stehe dir zur Verfügung, hast du das verstanden?", haucht sie, er aber schüttelt den Kopf und lacht dabei. „Ne, hab ich noch nicht kapiert", schnurrt er, grinst dämlich und sie küssen.

Er zeigt ihr die Stallungen, den Bereich außerhalb, führt sie überall herum. Sie haben eine Methode entsonnen. Zuerst hatten sie einander im Arm, dann an der Hand, dann wieder im Arm. Alles war nicht richtig irgendwie, aber jetzt ist es ideal. Sie gehen nebeneinander und er hat seinen Daumen in ihr Poloch gehakt. Das ist ein schönes Gefühl. So sind sie verbunden. Sein Finger liegt warm in ihrem Darm und sie wird immer wieder mit kleinen Bewegungen und Zucken während des Spaziergangs lustvoll erinnert, dass ihr Arschloch ein wenig jetzt auch ihm gehört. Ein sirrendes, ein angenehmes Gefühl. Ihre Rosette wird gespreizt, aber nicht zu viel, genau richtig ist das und da ist auch so ein Zug nach unten, da das Gewicht seiner Hand an ihrer Rosette hängt. Und sie muss den Rücken ein wenig durchdrücken, damit er die Stelle besser erreichen kann, und so stolziert sie mehr, als dass sie geht.

„Ich will, dass du dich ab jetzt immer in meinen Arsch hakst, wenn wir spazieren gehen, das ist toll", haucht sie warm und er bekommt einen Kuss auf den Mund. Kink grinst nur und zwinkert ihr zu.

Sie habend das Gelände umrundet. Einmal ist sie alle Wege entlang und durch Matsch und Feldwege gestöckelt, nun halten sie an und rauchen. Sie hat Kink Feuer gegeben mit seinem eigenen Feuerzeug, denn sein Daumen hängt noch in ihrem Darm.

Debby hat längst begriffen, er weicht dem Wohnhaus aus. Er will nicht zeigen, was da ist, da es ihm peinlich ist. Aber sie spricht sie ihn nicht drauf an. Er wird schon damit herausrücken, wenn er so weit ist.

Kink macht ein ernstes Gesicht, schaut über den Hof hinweg und zieht an seiner Zigarette. Von hier haben sie gute Sicht und das nächste Gebäude – der Stall – steht fünfzig Meter entfernt.

Aus dem Augenwinkel beobachtet Debby ihren Freund. Er will etwas sagen, er zögert nur noch. Und richtig: „Wolle ist viel cooler als ich", erklärt er und schaut sie nicht an. Das ist es also, das treibt ihn an. Debby bemüht sich nicht zu grinsen.

„Wie kommst du denn da drauf?", haucht sie. „Na überhaupt halt. Wolle ist cooler, abgezockter als ich", murmelt er und presst die Lippen aufeinander. Er will seinen Daumen aus ihrem Hintern gleiten lassen, aber Debby hält ihn mit schneller Hand zurück. Der Daumen gleitet wieder auf die alte Position, hakt hinter der Rosette ein, wo er hingehört.

„Weil er das mit deinem Vater geregelt hat?" „Ja das auch", seufzt Kink, will die Kippe wegflitschen, tut es aber nicht. Es bleibt bei einer merkwürdigen Handbewegung. „Der ist einfach cooler, auch mit dir so, wie der mit dir umgeht. Der kann viel besser mit Frauen umgehen. Der weiß immer genau, was er machen soll und was er darf. Der ist da voll souverän", erklärt er zerknirscht und schiebt einen Stein mit dem Fuß hin und her.

„Vielleicht habe ich dich aber genau deshalb viel lieber, weil du netter und nicht so abgeklärt bist. Vielleicht mag ich das ja?", schlägt sie vor und strahlt ihn mit einem bezaubernden Lächeln an.

Fabelhaft sieht sie aus, wie sie mit dem leuchtenden Haar in der Sonne steht. Ihre Augen scheinen groß und sie grinst.

Skeptisch schaut er zu ihr. „Wärest du gestern mit ihm auch mitgefahren auf dem Parkplatz?", fragt er und Debby überlegt einen Moment. Dann schüttelt sie den Kopf. „Ne, Wolle ist mir zu grob", antwortet sie. „Aber jetzt findest du ihn nicht so schlecht" „Na jetzt hier nicht, hier ist er okay. Er ist ja dein Bruder und für einen Bruder ist er echt gut", nickt sie und Kink nickt auch, scheint aber nicht ganz überzeugt.

„Hast du Angst, dass er sich ranmacht an mich?", will sie wissen und beobachtet ihn genau. Kink tut lässig und zuckt mit der Schulter, dann nickt er doch und wirft die Kippe im hohen Bogen weg. „Klar. Ich sehe doch, wie er dich anschaut. Und er fasst dir in den Arsch und du lässt das zu", erklärt er seine Angst und zupft an ihrer Rosette.

Debby verdreht die Augen, freut sich aber sehr, dass er den Daumen nicht aus ihrem Hintern zieht. Wenn der Daumen dort noch steckt, glaubt er noch an sich.

„Aber das kannst du doch nicht vergleichen! Natürlich lasse ich ihn in meinen Po, alles andere wäre dumm. Er soll doch auch ein wenig Spaß haben. Schau, ich laufe hier die ganze Zeit nackt herum. Natürlich wird er auch irgendwann mal auf mich abspritzen wollen oder so. Das ist doch völlig normal", erklärt sie ihm, wirft ihre Kippe weg, tritt vor ihn und nimmt ihn in den Arm.

„Dann machst du das des Friedens willen, damit er schön freundlich bleibt? Das ist Berechnung?", will er wissen, klingt beinahe empört und sie nickt und küsst einmal seinen Hals. Sie muss lächeln. Wie naiv er ist. Natürlich machen Frauen das so und setzen ihren Körper ein, das ist doch völlig normal.

„Frauen macht das nicht so viel aus. Die arrangieren sich damit. Erlaube deinem Bruder ein wenig, so wie das mit dem Hintern. So behältst du es unter Kontrolle und musst nicht mit ihm kämpfen", erklärt sie ihm die Welt. „Was erlauben?", fragt er und schaut sie irritiert an. „Na, weiß nicht, der will ja auch mal, ist ja klar. Früher oder später will der auch mal mit mir vögeln und wenn es nur ist, um Druck abzulassen. Dein Bruder ist ein fetter Klopps, aber er ist nett und stört mich nicht und wenn er es braucht … Schau, sehe es einmal so: Ohne ihn dürfte ich nicht hierbleiben. Also bei Gelegenheit, erlaube ihm ruhig, dass er über mich drüber rutscht", schlägt sie vor und lächelt ihn an.

Kink schluckt und schaut in ihr Gesicht. „Dann hast du es in der Hand, du erlaubst es ihm, und so hast du dann wieder bei ihm etwas gut", erklärt sie ihm. „Das würdest du machen, das wäre okay für dich?", spricht er betroffen. Sie lacht. „Natürlich ficke ich für dich. Klar, habe ich seine dicken Pranken nicht gerne auf mir und wenn ich überlege, dass ich auf seinem Schwanz stecke oder unter seinem haarigen Bauch liegen soll, da wird mir … naja", … spricht sie und verzieht ihr Gesicht. „Aber es wäre auch geil es für dich zu tun, da hätte ich Spaß", erklärt sie und grinst.

Kink blinzelt und überlegt, versucht zu verstehen.

„Geile Vorstellung, ich muss mit irgendwem für dich ficken, nur weil du das willst. Ich bin ein nacktes Flittchen und du setzt mich einfach ein", schnurrt sie, hängt sich an ihn und ihr wird heiß.

Was für ein Gedanke. Diese Konstellation. Hochzufrieden ist sie, dass so anregend noch immer sein Daumen in ihr steckt.

Eine Diskussion entsteht. Kink hat verstanden, aber es geht um die Details und muss es wirklich Vögeln sein? Auch behauptet er, er müsse das probieren, wie es ihm damit gehe. „Ich weiß nicht, wie ich das finde, ob ich das ertrage, wenn du auf meinem Bruder hängst", meldet er

Bedenken an. Einig sind sie sich nur, dass Wolle begeistert sein wird, wenn Debby ihren Körper für seine Gelüste zur Verfügung stellt. Da wäre so vieles möglich und eine Phantasie huscht in ihren Gedanken vorbei. Huren kommen darin vor und dass sie etwas muss, was sie gar nicht will. Es sind nur wabernde Ideen.
Aber da nimmt die Unterhaltung eine ganz andere Wendung als von Debby gedacht. Sie staunt:
„Und du musst betteln, du sollst betteln, damit du mit ihm darfst", fordert Kink und sie schaut ihn mit großen Augen an. So weit hatte sie noch nicht gedacht, Kink lernt schnell. „Ich soll betteln, damit ich mit deinem Bruder ficken darf?", fragt sie bestürzt. So hatte sie sich das nicht vorgestellt. „Ja genau. Du sollst darum jammern, dass du gefickt werden willst", erklärt er und scheint hochzufrieden. Mit großen Augen schaut sie ihn an und hält still. „Und wie oft, wie oft soll ich betteln?", fragt sie atemlos. „Na, bis ich es erlaube", antwortet er und grinst. Nun ist es Debby, die blinzelt und begreifen muss.

11 Kapitel

„So, jetzt hast du aber auch wirklich alles gesehen", spricht Kink und nickt zufrieden. Es stimmt nicht. Das Wohnhaus hat er gemieden, das kennt sie noch nicht, aber Debby nimmt es nicht so genau.
Sie sind zurück zu den Stallungen und einmal hindurch auf die Rückseite des Baus. Wolle war noch irgendwo Stroh am einstreuen, sie haben ihn pfeifen hören im hinteren Bereich. Bis auf eine blökende Kuh, die wohl mit Absicht zurückgelassen wurde, sind die Ställe nun leer und Staub hängt in der Luft. Alles ist mit neuem, golden glänzendem Stroh ausgelegt und die Kühe sind auf die Weide gelassen und dürfen dort glücklich sein.

„Und das ist der Misthaufen", stellt Kink abschließen fest und streicht mit den Händen über ihren Körper. Es ist schön so nackt in der Sonne. Noch immer ist Kinks Daumen in ihrem Po eingehakt. Er hat Gefallen daran gefunden. Ein Spaziergang hat gereicht und er hat verstanden, wie gut er die „kleine Nackedei" so mit einem Griff steuern kann. Hochsensibel ist ein Poloch. Gut darin einhakt, macht die Frau genau das, was sie soll, stöckelt dahin, wo er will.
„Ja, die Mistplatte, siehst du ja. Mit einem Schieber in dieser Rinne hier, ziehen wir den Mist die Rampe hinauf, ich weiß nicht, ob das so interessant ist, aber du wolltest alles sehen", erklärt er ihr und ist peinlich berührt von dem Dreck und Mist überall. Überall schimmern bräunlich-grüne Krusten aus eingetrocknetem Dung. Dies ist wahrlich kein schöner Ort.
Direkt vor ihnen ist im Boden eine ein Meter breite Rinne eingelassen im Beton parallel an der Rückseite des Stalls vorbei und führt zum Misthaufen hin. Es ist selbsterklärend.

„Vorsicht, fall da nicht rein", warnt er und zieht sie einen halben Schritt am Poloch zurück. Sie gluckst. So an der Rosette gezogen zu werden ist lustig.

„Wie tief ist das da?", fragt sie und schiebt mit beiden Händen Haar zurück. Da ist kein Geländer, kein Schutz vor der Rinne und sie ist angefüllt mit zähflüssigem Kuhmist-Wasser-Gemisch. Strohfetzen schwimmen in der Masse. Es ist der selbe Sud, in dem sie vor einer halben Stunde in einer anderen Rinne hineingetreten ist aus Versehen.

„Dreißig Zentimeter vielleicht", antwortet Kink. „Ach so", nickt sie und betrachtet den kleinen Kanal flüssiger Scheiße. Und dann ist da plötzlich diese Idee. Sie ist schmutzig, aber es liegt so nah und es sirrt in ihr wie in einem Wespennest.

„Oder soll ich da reingehen? Willst du, dass ich da reingehe?", fragt sie leise und schaut ihn mit erschrockenem Blick an. Blut schießt in ihren Kopf und sie wundert sich über ihren Mut. Das war doch nur eine Idee, eine flüchtige Phantasie ohne Ziel.

Er staunt, versteht im ersten Moment nicht, will schon den Kopf schütteln, dann aber nickt er. „Ja, stell dich mal rein. Gute Idee", antwortet er wie in Trance, gibt ihr Poloch frei und der Klaps auf den Hintern bleibt aus.

Er hilft ihr hinein, hält ihr die Hand galant, während sie hinabsteigt. Es ist tiefer als gedacht. Bis knapp unter ihre Knie steht sie in den Highheels im flüssigen Kuhmist und kichert. Was für ein Gefühl! Die Masse ist seifig, warm und stinkt. Es ist ein Zwischending zwischen flüssig und weich und sehr schmutzig so mit den Highheels ...

Er grinst. „Und, wie ist das in der Scheiße zu stehen?", fragt er und schaut auf sie hinab. Es ist ein schönes Bild, wie sie da angespannt und angewidert steht. Sie rudert mit den Händen in der Luft. „Ein bisschen eklig vielleicht, aber für dich mach ich das gern", antwortet sie angestrengt, hebt einen Fuß und da ist ein zäher Widerstand, denn der Highheel ist in dem grünbraunen Sud wie festgesaugt, ein verrücktes Gefühl. Ihr Herz klopft überlaut. Genau so hat sie sich das vorgestellt, eklig, aber geil. Sie steht in einem stinkenden Sumpf und strahlt ihn an.

„Dann bleib mal da, das finde ich gut", spricht er und grinst. „Gerne. Ich stehe gerne in der Scheiße für dich, wenn du das willst", presst sie die Worte. Da drückt ein Kloß in ihrem Hals und ihr Puls rast. Da sie nicht weiß, wohin mit ihren Händen, schiebt sie ihr Haar zurück mit zitternden Fingern.

„Ich finde es geil, geil dich da zu sehen", schnurrt er und lässt sie nicht aus den Augen. „Wie geil ist es? Steht dein Schwanz?", will sie wissen. Es presst in ihr. Unbedingt will sie das wissen, will es vergleichen mit ihrem eigenen Gefühl. Er öffnet seine Hose und geradewegs pendelt hart sein Geschlecht. Sie schluckt und öffnet versonnen ihren Mund. Jetzt ist auch bei ihr angekommen, wie scharf er ist. Ein Blickkontakt und sie rückt einen zähnen Schritt zur Kante vor. Sie beugt sich, geht ein wenig in die Knie und nimmt seinen Schwanz in den Mund. Fiebrig atmet sie ein und nass und warm und dick liegt seine Eichel in ihrer Mundhöhle. Wie lecker, wie wunderbar. Sie schließt die Augen und es spannt in ihrem Bauch, es prickelt und zerrt in ihr. Lust überall. Sie steht in Scheiße und saugt. Kaum schlucken kann sie vor Begeisterung, dabei rinnt fein Flüssigkeit aus seinem Schwanz in ihren Mund.

„Himmel, ist das geil!", schnurrt er zustimmend. Sie wimmert, bemüht sich und schluckt die klare Flüssigkeit. Einen kleinen Schritt macht sie vor, etwas näher will sie und die Kuhscheiße am Grund ist zäh, bietet ihr Widerstand. Ihre Highheels, ja bis tief in die Waden steht sie Kuhkackemorast.

Wieder weiß sie nicht wohin mit ihren Händen. Sich an Kink festhalten will sie nicht, denn ihr Mund soll frei auf seinem Schwanz stecken. Das ist intensiver. So fühlt sie ihn nur an ihren Lippen und in ihrem Mund. Sie schwankt vor und zurück und öffnet ihre Augen, schaut zu ihm auf, während sie bläst. Es gurgelt in ihrem Mund.

Er lächelt zu ihr hinab. Niedlich sieht das aus, die weit aufgerissenen Augen die hilfesuchend nach oben schauen, der Schaum auf den Lippen, das schaukelnde, blonde Haar, ihr blanker Rücken, sein Schaft zur Hälfte versunken in ihrem Mund. Sie schluckt und mampft an seinem Schwanz hörbar. Genau wie er, kämpft sie mit ihrer Lust.

„Boah ist das geil", flüstert er wie in Trance, berührt einmal ihr Haar mit zwei Fingern, dann kommt ihm die Idee und er legt – zuerst zögerlich – seine Hand auf ihren Kopf. Sie schnurrt zustimmend und jetzt führt er sie, vor und zurück vor und zurück. Nur Mund und Schwanz sind in Verbindung. Sie ist abhängig davon, wie weit er sie kippen lässt, wie tief sein Schwanz gegen ihre Gurgel drückt. Ausgeliefert schön, ein Objekt. „Ich bin ein Fickobjekt", kommt es Debby in den Sinn und hart schluckt sie, denn die Lust treibt an. Sie verschränkt die Finger beider Hände über ihrem Po, presst sie fest zusammen und verwindet sie, damit sie die Spannung zumindest so ableiten kann. Nur dieser Schaft da in dem Mund, streicht über Gaumen, Lippen. Am Haar gepackt – zärtlich am Haar gepackt – wird sie auf seinem Schwanz geschoben vor und zurück.

„Ich spritze dir in dein Mäulchen, okay? Es kommt … es kommt schon", kündigt er an, klingt benommen und sie wimmert und freut sich. Sie saugt und ihre Wangen fallen ein, denn nichts wünscht sie sich mehr als seinen Saft in ihrem Mund.

Und da ist es, warm und sämig füllt sein Sperma ihren Mundraum und sie schluckt, schließt fest um seinen Schwanz damit nichts herausläuft, an Schaft und Lippen vorbei. Es bebt in ihr und sie zappelt, während sie weiter mit vollem Mund in dem Graben voller Scheiße steht.

Sie mampft und lutscht und zieht die Reste mit der Zunge so, dass sie weiter schlucken kann. „Na, hat das geschmeckt?", fragt er und sie nickt, saugt und strahlt ihn mit großen Augen an.

„Was macht ihr denn da?", hören sie eine Stimme. Wolle kommt mit seinen Gummistiefeln durch das Tor des Stalls geschlurft, hält schon eine Zigarette in der Hand, die noch nicht brennt. Er grinst, als er Debby tief in der Rinne stehend vor Kink entdeckt. „Ach so, hätte ich mir denken können", brummt er zufrieden, schlägt Kink mit der Pranke auf die Schulter und zündet sich die Zigarette an. Neben Kink bleibt er stehen und pafft.

„Sie wollte in die Scheiße. Und sie wollte blasen", erklärt Kink falsch entschuldigend und grinst. Wolle schaut auf Debby herab. Die steht noch immer wie zuvor vorgebeugt, hält den Schwanz im Mund nun unbewegt, denn sie ist vor Geilheit erstarrt. Jetzt hat sie auch noch Zuschauer! In dieser Situation! Nichts geht mehr in ihr, weder vor noch zurück. Sie muss warten, bis sich diese Anspannung löst und sie sich wieder bewegen kann.

„Aber wir sind eigentlich fertig", spricht Kink und schaut auf sie hinunter. Debby Atem geht schnell. Luft rauscht durch ihre Nase. Sie kann den Speichel nicht abschlucken, also rinnt es aus ihren Lippen vorbei an seinem Schaft und tropft herab.

„Hat sie sich festgesaugt?", will Wolle wissen, gluckst und lässt Debby nicht aus den Augen. Mit äußerster Kraftanstrengung gelingt es ihr nicht zu wimmern. Gleich wird sie platzen vor Lust, ganz bestimmt. Wenn sie sich bewegt, ist es aus, weiß sie.

Kink lacht. „Irgendwie schon, wie festgesaugt. Dabei hat sie alles brav getrunken, also beinah", erklärt er, grinst und nimmt die Tropfen von ihrem Kinn, führt sie auf seinen Schaft und an ihre Lippen. Es soll nichts vergeudet werden.

„Schluckt sie so richtig alles. So richtig gluck, gluck aus dem Schwanz?", will Wolle wissen, klingt interessiert und hat Daumen und Zeigefinger zu einem O geformt.

Kink nickt und schaut auf Debby herab. Das Bild ist unverändert. Noch immer niedlich sieht sie aus. „Willst du auch mal?", fragt Kink zu Wolle und Debbys Herz setzt aus.

„Was denn?", antwortet der ungläubig. „Soll sie dir auch mal blasen? Macht sie bestimmt", spricht Kink und tätschelt Debby Kopf. Wolle betrachtet seinen Bruder einen Moment, muss sich fangen, ist überrascht.

„Ähm, klar, wenn sie will, logisch", stammelt er, hält die Zigarette vor seinem Mund, zieht aber nicht. „Willst du das? Willst du Wolle einen blasen?", fragt Kink zärtlich zu Debby hinab und streichelt mit dem Zeigefingerrücken über ihre Wange.

Sie kann nicht antworten, nicht reagieren. Es dauert Sekunden, bis sich ihre Erstarrung löst. Und sie zieht ihren Kopf zurück. Der nasse Schwanz gleitet aus ihrem Mund. „Klar, kann ich machen", haucht sie und starrt in unveränderter Position mit Händen auf den Knien zu ihm auf.

Jetzt, so, so konkret ist es etwas ganz anderes. So locker sie vor einer halben Stunde auf dem Feldweg noch mit Kink darüber gesprochen hat, dass sie Wolle angeboten werden soll, so angespannt ist es jetzt. Alles protestiert in ihr. Was soll sie? Sie versteht nicht ganz, weiß aber, sie muss einverstanden sein mit der Idee Wolle zu blasen, denn sie hat es ja selber vorgeschlagen. Ganz verwirrt ist sie und ihr Blick springt zwischen Wolle und Kink hin und her.

Grinsend tritt Wolle an die Kante vor, nestelt an seinem Hosenbund unterhalb seines Bauches. Sein T-Shirt ist hochgerutscht und seine haarige Wampe leuchtet blass. Sein Schwanz flitscht bereits aufgerichtet aus seinem Hosenschlitz und die Spitze glänzt nass.

„Na, dann rück mal rüber, kleine Bitch, saug dich mal fest", grunzt er süffisant mit pendelndem Schwanz. Sehr zufrieden sieht er aus.

Debby fiebert, kommt sich jämmerlich vor, aber jetzt gibt es kein Zurück. Mit weichen Knien macht sie die drei Schritte zur Seite durch die weiche Scheiße und stellt sich vor Wolle, wie zuvor vor Kink leicht eingeknickt in den Knien. Sie öffnet ihren Mund und der Schwanz steht vor ihr keine fünf Zentimeter entfernt. Ein Tropfen hängt an seiner langen Vorhaut und wie hypnotisiert beobachtet sie ihn. Das muss aus seinem Schwanz geronnen sein, einem dicken wulstigen Schaft. Übergroß zeichnet sich die Eichel unter der Vorhaut ab.

„Na komm zu Papa. Hinein ins Schnäuzchen du nackter Spatz und brav lutschen", säuselt er süffisant, doch Debby bewegt sich nicht, hofft, dass der Tropfen herabfällt und sie ihn nicht auflutschen muss. „Halte ihr die Nase zu, damit sie ihn nicht riechen muss", witzelt Kink und Wolle lacht dreckig. „Eh, du Arsch", lacht er und schlägt mit seiner Pranke in Kinks Richtung, verfehlt ihn aber.

Dann wird Debbys Nase gepackt. Wolle hat Kinks Empfehlung befolgt und stülpt ihren Kopf über seinen Schwanz. „So ist brav, so ist doch schon viel besser", lobt er, gibt ihre Nase frei und streicht ihr über die Wange.

Debby starrt geradeaus auf seine Wampe und ist wie gefangen. Es ist zu viel, zu viel Gefühl, zu viel Abwehr zu viel von allem. „Na schieb mal die Vorhaut zurück mit den Lippen, hinter dem Rand sitzt der gute Geschmack", frotzelt Wolle und Debby wimmert und gehorcht. Bewegung kommt in sie und sie bemüht sich. Ihre Zunge versucht die Vorhaut zurückzuschieben vergeblich. Also zurück mit dem Mund und sie schiebt vorwärts mit enganliegenden Lippen, drückt die Vorhaut zurück. Die Eichel schlüpft in ihren Mund. Sie wimmert und ihr Herz rast, denn sie erwartet einen scharfen Geschmack, etwas brennend Ekelhaftes, aber nichts. Nichts passiert. Nur etwas seifig ist es in ihrem Mund. Auch der milchige Tropfen, der vorne so lange an der Vorhaut hing, muss längst in ihrem Mund aufgegangen sein, wird ihr klar.

„Schön mit der Zunge hinter den Rand, da ist der beste Geschmack", grunzt Wolle und sie wird angetrieben wie von inneren Peitschenhieben. Sie gehorcht, fährt mit der Zunge hinter der Eichel entlang und nimmt den Schanz tiefer, sabbert dabei. Debby ist es fiebrig und sie schließt die Augen und lutscht. Lust überall.

„Putzt du uns jetzt immer die Schwänze mit deiner Schnute? Das wäre geil, dann müssen wir das jetzt nicht mehr machen. Da braucht man sich ja gar nicht mehr zu waschen. Ich meine, wenn sie gerne in der Scheiße steht, macht ihr ein ungewaschener Schwanz bestimmt nichts mehr aus, so ein bisschen Gries unter der Eichel", witzelt

Wolle, genießt die junge Frau an seinem Schwanz und zündet sich genussvoll seine Zigarette an.

„Geile Aktion von dir Brüderchen. Sehr cool, sehr kulant, dass sie mir einen blasen darf", lobt Wolle und schlägt seinem Bruder auf die Schulter. Der grinst und beobachtet Debby. „Ich dachte ... naja", beginnt er, spricht aber nicht weiter, denn er fängt Debbys Blick auf die sich sehr bemüht an Wolle. Leidend sieht sie aus, doch welche Form von Leiden das ist, durchschaut er nicht.

„Kostet doch nichts, wenn sie an beiden Schwänzen hängt", ergänzt Wolle. „Genau", nickt Kink und die Brüder grinsen einander an.

Debby wimmert. So mit vollgestopftem Mund und halb vorgebeugt, weiß sie nicht, wohin mit ihrer Lust und Energie. Sie will sich hinhocken, will ihren Rücken entlasten, senkt bereits ihren Po ab, aber da fällt ihr ein, wo sie steht und hält inne.

Wolle hat sie beobachtet. „Na, wolltest du dich in die Scheiße hocken?", fragt er süffisant. Sie wimmert lauter nun, ihre Lippen zittern an seinem Schwanz und sie schaut mit großen Augen zu ihm auf an seinem Bauch entlang. Der widerliche Gedanke feuert sie an. Genügt es denn nicht, dass sie bis zu den Knien drin steht, oder nicht?

Eifrig schlürft sie. Er grinst zu ihr hinab, aus dieser Perspektive mit Doppelkinn. Noch einmal drückt Wolle ihre Nase. „Langsam, nicht so hastig du geiles Gerät. Ich will doch etwas davon haben", fordert er und Debby zügelt sich. Langsam vor und zurück und immer wieder Speichel schlucken, zwingt sie sich. „Macht das Spaß?", fragt er und freut sich diebisch. Sie grunzt und nickt hektisch mit Schwanz im Mund. Längst hat sie eine Hand in ihren Schoß gepresst und drückt und schiebt an ihrer Klitoris, muss sie einfach. Es geht nicht anders. Sie braucht das unbedingt und die Männer lachen sie aus.

„Darf ich auch meine Eier in ihren Mund entleeren, so gluck gluck ihre Kehle runter, oder macht das deinem

kleinen Spatzen was aus, und sie will das nur von dir?",
fragt Wolle und tätschelt ihre Wange.

„Ich glaub, du schluckst das, oder?", fragt Kink mit
leichter Unsicherheit in der Stimme. Debby nickt
hektisch. Alles ist fahrig, alles wabert. Und ja, sie will. Sie
will das jetzt, es soll aus seinem Schwanz in ihren Mund
und es drängt, denn ihr zittern die Knie und die Hand im
Schoß wirkt nicht so gut, wie sie soll.

Noch einmal wird ihr über die Wange gestreichelt, noch
einmal muss sie mit dem Mund nachfassen und
schlürfen. „Und hopp du kleine Schlampe", knarrt Wolle
und Sperma schießt in ihren Mund. Sie windet sich und
sie muss schlucken in schneller Folge, denn es ist viel. „Ja,
lecker, lecker, lecker so ist gut. Tagelang nicht gewichst
du armes Ding, da kommt viel aus den Eiern", grunzt er
und freut sich erleichtert, wie sie sich bemüht.

Das erklärt es. In ihr fiebert es und schüttelt. Das erklärt,
warum es so viel ist. Sie atmet schnell, schließt die
Augen, muss sich sammeln einen Moment. So Welle! Sie
schaudert, denn ein wenig Sperma auf der Zunge machen
einen Unterschied zu vielen Schlucken, als sei es ein
halbes Glas. Da ist ein viel größerer Widerstand,
Widerwolle.

Sie schwankt, aber sie hat es geschafft, alles ist ihre Kehle
hinab, aber ihr Mund ist voller Sperma-Geschmack.
Erschöpft zieht sie ihren Kopf zurück, atmet an seiner
Eichel vorbei.

„Na, was das lecker du Nackedei? Bist du satt? fragt er
und grinst zufrieden. Sie nickt und schluckt die Reste
hinab. Hängt jetzt mit geöffneten Lippen vor ihm und
atmet schwer. Der Schwanz pendelt halbsteif noch vor
ihrem Mund, zwei Spermafäden baumeln.

Sie schauen einander an und mit seinem dreckigen
Daumen schiebt er Schaum über ihre rosa Lippen. „Na,
dann komm, häng dich noch mal dran, oder hast du
etwas dagegen?", fragt er Kink und steckt Debbys Kopf
wieder auf seinen zuckenden Schwanz.

„Ne, kein Problem", erwidert Kink. Er schaut den beiden
zu und steht seit Minuten und onaniert in langsamer

Bewegung. Er hatte seine Hose nie geschlossen und zu onanieren hat seinen Reiz, Debby an einem anderen Mann hängen zu sehen; wie sie sich bemüht nackt und blank und ganz offensichtlich etwas tut, was ihr einerseits gefällt, sie andererseits sichtbar abstößt. Das macht etwas.

Auch jetzt: Er ist sich sicher, Debby will nicht unter seinem fetten Bruder hängen und an dessen schmierigem Pimmel lutschen. Ganz bestimmt nicht, eigentlich. Aber sie soll es tun und das macht etwas mit ihr. Das ist gut für sie, obwohl es gegen sie ist und Kink beschließt, dass es ihm gefällt.

Das ging leichter als gedacht. „Komm du Nüttchen, ab wieder zu deinem Freund, da weiterlutschen, der hat nachgeladen, der ist noch jung", spricht Wolle lachend, hat in ihre Haare gepackt und mit einem ploppenden Geräusch löst sich ihr Kopf von seinem Gemächt.

Bevor sie versteht, ist sie die drei Schritte zur Seite dirigiert und hängt wieder an Kink. Alter Schwanz, neues Glück. Dankbar schließt sie ihre Augen. Hier ist wieder okay. Auch wenn der Rücken schmerzt, das ist jetzt gut.

Das könnte sie den ganzen Tag, denn so zu stehen ist wunderbar, fühlt sie und sie hat sich beruhigt. Ihr Puls rast nicht mehr, jetzt ist es prickelnd und angenehm schön.

„Sehr korrekt, sehr korrekt die kleine blasen zu lassen", bedankt sich Wolle noch einmal bei Kink, schließt umständlich seinen Hosenschlitz und verschwindet mit schlurfendem Schritt im Stall.

Kink schweigt und betrachtet seine nackte Freundin, die sich bemüht und an ihm saugt. Die zappelt nicht mehr herum und massiert noch immer leicht vorgebeugt ihre Brüste. Ein schönes Bild, wie sie da in der Scheiße steht. Es ist dieser Kontrast zwischen olivgrünem Dreck und heller Haut, das macht es schön.

Auch Kink kommt zur Ruhe. Er hatte sich das mit Wolle schwieriger vorgestellt, hatte Eifersucht oder ungute Gefühle erwartet, aber im Gegenteil, es war lustig gewesen, sie an seinem Schwanz hängen zu sehen. Das hatte was. Und als sie sich so gewunden hat, wie erstarrt vor Schreck gestanden hatte, als sie vermuten musste, der Schwanz sei schmutzig, einfach göttlich.

Das war eine coole Aktion, freut er sich und ist stolz. Er hat es richtig gemacht, denn auch Debby scheint zufrieden. Mit geschlossenen Liedern und glänzenden Lippen lutscht sie an seinem Schwanz, vor und zurück, vor und zurück, ganz ruhig, immer nur drei Zentimeter tief. Kink greift ihr sanft in die Haare und übernimmt die Führung.

Ein verrücktes Gefühl, so an der Mistplatte zu sehen mit Blick über die Felder und alles ist so vertraut. Und gleichzeitig ist da Debby und das ist noch ganz neu und schon jetzt, nach noch nicht einem Tag, völlig selbstverständlich. Als sei sie neu und zugleich schon immer dagewesen. Ein schönes Gefühl ist es, hängt sie an seinem Schwanz. Kink ist zufrieden mit sich und allem und der Welt.

Selbstverständlich ist, dass sie seinen Samen schluckt, als er kommt. Es ist unspektakulär. Mehr sickert es aus seinem Schwanz, als dass es spritzt. Er hilft ein wenig nach, pumpt mit zwei Fingern an seinem Schaft und dann läuft sein Sperma in ihren Mund und sie schluckt. Noch saubermachen und die Reste ablutschen und dann steht sie lächelnd unter ihm in der Rinne und zupft an ihren Zitzen.

Der Blickkontakt hält einen Moment und keiner spricht ein Wort. Sie gluckst und grinst und für einen winzigen Moment scheint sie verlegen, dann ist es aber wieder vorbei und sie hebt galant sie Hand zu ihm.

„Hilfst du mir heraus?", fragt sie freundlich und natürlich hilft er ihr, klar.

„Wie war das für dich?", will er wissen. Sie haben bereits eine halbe Zigarette geraucht und geschwiegen. Nebeneinander haben sie sich gesetzt auf den Boden und Debby piekst der Beton in den blanken Hintern, aber sie ignoriert das Gefühl. Ein paar Minuten wird das auszuhalten sein.

Zäh und langsam tropft und gleitet der Kuhdung von ihren Füßen und Waden und grünlich schimmert ihre Haut. Es hat sich schon eine kleine Pfütze gebildet, wo ihre Absätze auf dem Beton stehen.

„Das war ziemlich geil", antwortet sie, nickt zufrieden und schaut ihn an. „Ich hab mich gewundert, ich fand es auch geil", antwortet er und wechseln einen tastenden Blick. Debby zögert, wägt ab, ob sie die Wahrheit sagen soll, oder nicht. Das Risiko scheint gering, denn auch er fand es gut. Das hat er gesagt, das hat sie gespürt.

Sie zieht an der Zigarette und gibt sich einen Ruck: „Ehrlich gesagt, war das mit das Geilste, was je hatte", spricht sie aus und wartet ab. Er lächelt. „Okay", haucht er, schiebt sein Kinn langsam vor und zurück und sein Adamsapfel springt. „Also, ich hatte keinen Orgasmus oder so, aber es war einfach der Hammer. Mein Herz hat gestanden, wirklich gestanden", erklärt sie und hebt hilflos ihre Arme und lässt sie wieder fallen.

„Was daran genau?", „Einfach alles. Das Ganze. Vor euch beiden, hier draußen, das Dreckige und das wiederholen, ich meine drei! Ich habe dreimal einen Schwanz geblasen, einfach alles", seufzt sie und nur die Erinnerung ... es prickelt schon wieder.

„Dann sollen wir sowas öfters machen?", tastet er und sie nickt. „Oh ja, ja!", beeilt sie sich und sie lächeln einander an. Drei Zigarettenzüge lang schweigen sie und gehen ihren Gedanken nach.

„An welchem Schwanz hängst du lieber?", fragt er und muss den Atem anhalten ob der Frage. „An deinem natürlich, natürlich an deinem", erklärt sie, lächelt, greift nach seiner Hand und drückt sie. Unsicher ist sein Blick. „Also echt jetzt. Wolles Schwanz hat so eine komische Form und er ist so ...", sie schaut über ihre Schulter, aber das Tor zum Stall liegt verlassen da „... er ist so Fett, ich mag das nicht. Aber es ist halt geil und er macht das gut. Aber ich hänge viel lieber an deinem Schwanz", versichert sie und drückt seine Hand. Kink lächelt, denn er glaubt ihr.

„Es ist auch ein bisschen eklig, aber es ist diese Kombination, dass ich so hin und hergeschickt werde zwischen euch ...", versucht sie es, aber das zu beschreiben fällt schwer. Sie hofft, dass er versteht.

„War sein Schwanz sauber?", will er wissen und Debby lacht auf. „Ja, war er, aber ich dachte nicht und da käme jetzt ganz übler Geschmack, was für ein Kick", gluckst sie. Beide kichern noch einen Moment.

„Wolle macht das richtig gut, eh ...?", muss Kink eingestehen. Debby antwortet nicht, zieht nur an der Zigarette.

„Du aber auch. Du machst das super und das war sehr schlau von dir mich an ihn zu verweisen, denn jetzt hat er Respekt vor dir" „Meinst du?", fragt Kink zurück nicht gänzlich überzeugt, doch Debby nickt. „Absolut, dass hab ich ihm angesehen", erklärt sie und kippelt die glitschigen Heels. Er antwortet nicht. Debby vermutet, er wägt ab.

„Ich mag es, wenn du meinen Kopf auf den Schwanz drückst, das ist toll", gesteht sie und lächelt ihn an. „Ich weiß immer nicht, wie viel Luft du brauchst", erklärt er und Debby freut sich. Er ist immer besorgt um sie, das ist so warm und nett.

Ohne weitere Worte rauchen sie ihre Zigaretten herunter und werfen die Kippen in die Rinne.

Sie sitzen noch einen Moment. „Dann führt uns das zusammen, das mit Wolle, dass der dich auch benutzen darf?", fragt Kink.

Debby macht sich hoch und krabbelt auf allen Vieren das kurze Stück zu ihm über den Beton, küsst ihn auf den Mund und verharrt.

„Ich bin deine Freundin, aber du darfst mich gerne an andere schmutzige Schwänze hängen, okay?", flüstert sie und ihre Gesichter sind nah. Schielen müssen sie, um einander zu fokussieren, und Kinks Herz wird warm, noch wärmer. Sie ist so lieb und ihr Gesicht so hübsch. Sie hat doch ein paar Sommersprossen, und zwar um die Nase, das ist ihm noch gar nicht aufgefallen.

„Okay, mach ich", sichert er zu. Sie lächelt und küsst mit spitzem Mund. „Und du schluckst, so gluck, gluck", macht

er das Schluckgeräusch nach. „Ja, gerne gluck gluck ins
Schnäuzchen, ja", freut sie sich und strahlt.

Kapitel 12

„Da wächst ein Baum auf eurem Haus", spricht Debby und kichert. Sie muss sich an Kink festhalten, denn mit nassen Füßen in den Highheels ist es extrem glitschig. Sie hat keinen Halt, ihre Füße gleiten auf den billigen Sohlen und so kann sie weder gehen noch stehen.

Kink hat ihr die Beine abgespritzt mit einem Schlauch und so ihre Füße von der Kuhscheiße befreit. Das Wasser war eiskalt und das Spritzen ein wenig gemein, denn ein wenig geärgert hat er sie schon mit dem Wasserstrahl, nackt wie sie war. Aber egal, so sind ihre Beine und Füße wieder sauber, wenn auch glitschig-glatt.

Halb hängt sie nackt an ihm, halb hält er sie im Arm und sie überqueren den Innenhof, gehen auf das letzte noch unbesichtigte Gebäude zu, das Wohnhaus.

Beinahe erscheint es Debby, es stände es windschief, aber das täuscht. Nur platzt überall Farbe und Putz ab und es wirkt sehr vernachlässigt. Und natürlich ist da besagter Baum, eine kleine Birke, die in der Dachrinne wächst, verstärkt das Bild, dass dieses Wohnhaus heruntergekommen ist.

Aber Debby beschließt sich zurückzuhalten und beißt auf ihre Unterlippe.

Dass Kink sein Zuhause zeigen muss, ist ihm spürbar unangenehm. Er schämt sich dafür und macht ein zerknirschtes Gesicht. Bis zuletzt hat er es hinausgezögert und genau dieses Zögern macht Debby besonders neugierig. Sie will wissen, wie er wohnt, auch wenn sie in ihren Lieblingswohnanhänger vorne an der Einfahrt residieren wird.

„Es ist echt eine Katastrophe", murmelt er und sie stehen vor der Haustüre, die mittig im Haus in die Fassade eingelassen ist. Das Türblatte fehlt. Es ist nur eine gähnende Öffnung in der Mauer und eine Tüte mit Krimskrams darin steht zu allem Überfluss in der Ecke.

Sie schauen in einen dunklen Flur hinein und Kink zögert wieder, hält Debby zurück und zieht an ihrer Hand. Er will dort nicht hinein und schaut sie zerknirscht an. „Also, das darfst du echt nicht als Maßstab nehmen" erklärt er und Debby tippt ihm beruhigend mit der Hand auf die Brust. „Vielleicht ist hier so einiges nicht ganz normal", erklärt sie und grinst, zeigt an sich herunter. Dass sie nackt und auf Heels herumsteht, ist ihr Argument. Das ist keine Normalität, normalerweise nicht.

Kink nickt nur. „Wo ist die Türe?", will Debby wissen, aber Kink zuckt nur mit der Schulter und dann nimmt er sie endlich an die Hand, holt einmal tief Luft und sie stöckelt hinter ihm her hinein in das Haus.

Der Flur mit Treppe ist dunkel und abgewohnt. 50er Jahre, dunkle Tapete. Ein ausgedientes Ölfass steht neben der Treppe herum und Kleinkram lagert darauf. Kink zieht Debby nach links und sie treten in ein Wohnzimmer. Alte Möbel, bräunliche Wände. Ein Schrank. Eine sehr strapazierte riesige Couch über Eck. Flaschen stehen herum und Zeitschriften, aber es ist nicht unordentlich, es ist nicht so katastrophal wie gedacht. „Strapaziert, es ist strapaziert, aber nicht chaotisch, könnte schlimmer sein", denkt Debby, spricht es aber nicht aus. Auch Kink schweigt.

Ein riesiger Flachbildfernseher steht links an der Wand und verdeckt halb eine Fensteröffnung in deren Laibung Pflanzen in schummrigem Licht vertrocknen.

Debby wird weitergezogen zurück in den Flur, muss an einer Kellertüre vorbei und ihr wird das Bad gezeigt. Alt und schmutzig ist es. Braun-vergilbte Badewanne, Kloschüssel mit hoch über Kopf schwebendem Spülkasten. An der Kette des Spülkastens hängt die Klobürste als Griffersatz, worüber Debby grinsen muss, denn das ist originell.

Ein riesiger Stoß Zeitschriften liegt neben dem Klo und alle Keramik ist stumpf und verschmiert. Irritiert schaut Debby zur Decke, da dort eine lange Neonröhre hängt halbschief, die alles in kaltes, hartes Licht tauchen würde, wäre sie angeschaltet. Sie ist so unpassend, scheint aus dem Stall entnommen zu sein.

Die Küche wird ihr gezeigt und Debby schweigt. Das ist nun extrem. Die Unordnung ist erschlagend. Auf einer alten aus verschiedenen Elementen zusammengestellten Kochzeile türmt sich halb abgewaschenes und eingetrocknetes Geschirr. Ein hoher, alter Kühlschrank ist so schmutzig, dass er von Gelb, über Ocker zu braun changiert. Alter matter Fliesenboden, überall steht etwas herum, Türblätter fehlen in der Küchengarnitur, Türblätter die dann woanders aber – offensichtlich seit Jahren bereits – an ein Stück Wand gelehnt stehen, um ihrerseits von einer Tüte Abfall verdeckt zu werden.

Einen Tisch gibt es mit Sitzecke und zwei Stühlen, alt, speckig und abgenutzt. Eine Kunststoffdecke mit buntem Aufdruck soll die Tischfläche schützen, ist ihrerseits aber mit alten Kaffee und Flecken verschmutzt. Sie wurde offensichtlich nie abgewischt. Zwei benutzte Kaffeepötte stehen darauf, Salzstreuer und eine orange Pfeffermühle, die aus den Siebzigern herübergerettet erscheint.

Debby sagt nichts und schluckt hart. Das entspricht ihren Erwartungen, stellt sie ernüchtert fest. Die Küche hält, was die Fassade das Hauses verspricht: absolutes Chaos. So hat sie sich das vorgestellt. Ein Haus mit Birke auf dem Dach sieht so von innen aus.

Debby steht nackt mitten im Raum, hält Kinks Hand, und schaut sich langsam um. Kink schaut sie nicht an, schweigt betreten und ohne ein Wort verlassen sie den Raum.

Die düstere Treppe geht es hinauf, ein kleiner Flur ist so düster, dass man Licht einschalten müsste, denn vor dem einzigen winzigen Fenster am Ende, hängt ein Vorhang so gelb, dass kaum Licht hindurchfällt.

Vier Türen gehen ab von dem Flur. Ein weiteres Bad wird ihr gezeigt, das aber in viel schlechterem Zustand ist als das Bad im Erdgeschoss. Da schaut sie lieber nicht genauer hin, der Schmutz überall ist irritierend und das Waschbecken fehlt.

Kinks Zimmer erscheint ihr wie ein Jugendzimmer, das nei erwachsen geworden ist. Hier ist die Tapete gelblich-grünlich und hinterlässt ein merkwürdiges Licht. Kiefernmöbel, abgegriffen mit Spuren von Aufklebern darauf, die man einst lustig fand und heute bereut. Es gibt ein Bett, zwei Schränke, einen alten Schreibtisch und einen Bürostuhl mit fadenscheinigem Bezug und Debby scheint, als habe jemand flüchtig aufgeräumt. Sie grinst, zwinkert Kink zu und sie verlassen wieder den Raum.

Wolles Zimmer – auch das bekommt sie gezeigt – ist erstaunlich ordentlich und heller und einige neuere Möbelstücke stehen darin herum.

Des Vaters Kammer, sie werfen nur einen Blick durch einen Türspalt hinein, ist katastrophal unordentlich und dunkel. Debby gelingt noch ein flüchtiger Blick auf ein ungemachtes Bett mit sehr dunklen Decken, bevor Kink die Türe zuzieht. „Das ist halt Vatter", tuschelt Kink, also ob sie das nicht wüsste.

Als sie eine Minute später wieder vor Haustüre mit dem fehlenden Türblatt im Freien stehen, seufzt Kink erleichtert, so sehr erleichtert, dass Debby Mitleid hat. Es ist bestimmt nicht leicht, das alles zu zeigen, wenn man sich so sehr dafür schämt.

Er hat die Zigaretten gezückt, bietet ihr eine an, doch sie will nicht, will sich lieber um ihn kümmern und geht vor ihm in die Hocke, setzt sich mit ihrem nackten Hintern auf ihre Fersen. Mit zwei Fingern tippt sie auf seinen Hosenschlitz. „Mach mal auf, dann lutsche ich, während du rauchst", bietet sie an, doch er schaut unwillig zu ihr hinunter.

„Schon wieder?", will er wissen, doch sie strahlt und schiebt Platinhaar zurück, kippelt auf ihren Absätzen. „Klar. Das beruhig dich doch, na komm, leg mir deinen Schwanz in den Mund", drängt sie warm und er öffnet den Hosenschlitz und Sekunden später steckt sein schlaffer, warmer Schwanz in ihrem Mund.

Ihre Hände hat sie an seine Oberschenkel gelegt und stabilisiert so ihre wacklige Position auf den unsicheren

Schuhen, lutscht und schaut zu ihm hinauf, während er raucht und halb beleidigt, halb verunsichert zu ihr herunterblickt.

Mit der Zunge kann sie den geschmeidigen Schwanz in ihrem Mund hin- und herschieben, wässrig daran saugen. „Du kannst doch nicht ständig an meinem Schwanz hängen", spricht er betroffen. „Warum denn nicht?", fragt sie zurück und nimmt ihn wieder in den Mund, schaut ihn fordernd an. „Na, na ... weil sich das nicht gehört", schnauft er lau. „Ich gehöre an deinen Schwanz", behauptet sie und macht weiter.

Im gehen die Argumente aus, also beobachtet er sie, wie sie langsam mit kleinen Bewegungen schluckt, mit der Zunge spielt und langsam unaufgeregt lutscht.

„Du bist aber mehr als das", murmelt er und verzieht das Gesicht. „Ich gehöre an deinen Schwanz", beharrt sie und lutscht mit sehr glänzenden Lippen. Es ist niedlich, wie sie da über der Betonfläche hockt und unentwegt mit großen Augen zu ihm aufschaut, den Kopf in den Nacken gelegt.

„Aber ich kann jetzt nicht", brummt er und schluckt. Keine Erektion hat sich eingestellt, der Schwanz bleibt weich. „Muss auch nicht", hält sie dagegen, leckt einmal über seinen Schaft und nimmt ihn wieder in den Mund.

So bleibt sie hocken und er stehen und zwei Minuten vergehen. Sie kann hier so viele Schwänze lutschen, wie sie mag. Hier verurteilt sie niemand dafür, voll geil ist das, denkt sie und es macht noch einmal so viel Spaß vor ihm zu hocken.

Eine warme, klare Flüssigkeit rinnt in ihren Mund und sie schluckt es hinab. „Was war das?", fragt er, denn er hat es bemerkt. „Keine Ahnung. War aber lecker. Ich mag alles, was aus deinem Schwanz läuft", behauptet sie und hängt sich wieder dran.

„Das ist geil", macht er endlich ein Kompliment und sie freut sich. „Das ist geil, wenn du das einfach so machst und langsam lutschst. Das fühlt sich gut an", erklärt er warm. „Kann ich immer weiter machen, wenn du willst", bietet sie an und rollt seinen Schwanz auf ihren nassen

Lippen dabei. „Ich muss aber arbeiten, ich muss Wolle helfen", seufzt er und macht eine Grimasse. „Fünf Minuten noch, okay? Vielleicht kommt ja noch einmal was", bittet sie und schließt ihre Augen, fühlt sich ein, wie er warm in ihrem Mund liegt.

Der angenehme Teil ist vorbei, Kink muss zurück in den Stall und Debby ist klar, sie muss sich nützlich machen. Ein bisschen wenigstens.
Auch ist ihr gar nicht danach zurück zu ihrem Wohnanhänger zu trödeln und sich dort in die Sonne zu legen. Es passiert so viel und alles ist so neu und spannend. Da will sie nicht von dem Hof weg, noch nicht. Also stöckelt sie zurück in das Wohnhaus und schaut sich im Erdgeschoss noch einmal in Ruhe um. Alles ist verwahrlost, teilweise sehr schmutzig und der Müll stapelt sich überall.
„Die haben einfach nix weggeräumt", murmelt sie und ihr ist klar, dass keiner der drei Männer bereit ist etwas im Haushalt zu tun. Und wenn der Vater sich nicht nur in seiner Werkstatt so verhält, wie sie ihn kennen gelernt hat, dann wundert sie das nicht. Hier ist alles in Schieflage. Seit Jahren wahrscheinlich und Geld fehlt offensichtlich auch.
In der Küche starrt Debby auf die überquellende Spüle und Arbeitsfläche. Die Schränke müssen leer sein, denn alles Geschirr steht dort und wartet auf den Abwasch. Sie angelt sich eine Zigarette aus einer angebrochenen Packung in einem Regal, zündet sie sich an, zieht ihre Highheels aus und massiert ihre Füße. So sitzt sie nackt auf der Kante der Eckbank und raucht.
Geräusche sind im Flur und Muh taucht auf, der Spitz mit dem langen Fell und schüttelt sich mitten in der Küche und kommt dann zu ihr, lässt sich streicheln und Kraulen und räkelt sich zwischen ihren Beinen. Zwei Mal schleckt sie über Debbys Muschi, aber die drückt Muhs Schnauze weg und lacht. Der Hund ist verrückt. Plötzlich stürmt er wieder los und hinaus und Debby ist wieder allein.

Barfuß herumlaufen will sie auf keinen Fall, der Boden scheint ihr zu schmutzig und Krümel und Kleinteile liegen herum überall, besonders an den Kanten, da wo nicht ständig jemand langläuft und sich der Dreck sammeln kann. Eklig ist das. Also bleibt sie nackt, wie sie ist sitzen auf der Kante der Eckbank und raucht noch eine Zigarette und überlegt, wie und wo sie mit der Arbeit in der Küche anfangen soll.

Eine Viertelstunde später hat sie die Küche gefegt, Müll von Geschirr getrennt und einen groben Überblick über die Katastrophe hat sie auch. Da alles in Tellern und Tassen eingetrocknet ist, offensichtlich über Monate, ist es viel weniger eklig als gedacht. Die Essensreste sind wie versteinert und scheinen mit der Keramik verwachsen.
Längst hat sie sich wieder die Highheels angezogen und die pinken Bändchen um ihre Waden geschlungen. Sogar eine Schürze hat sie gefunden, aber auf das Anlegen ebendieser aus hygienischen Gründen verzichtet. So ein schmutziges Ding will sie nicht auf ihrer Haut.
Also steht sie nackt, vor der Spüle und weicht eine erste Ladung Geschirr, im Spülbecken ein, da hört sie hinter sich ein leises Geräusch. Erschrocken dreht sie sich um. Vatter steht in der Küche und schaut sie an. Offensichtlich hat einen leisen Gang oder hat sich hereingeschlichen.
Seine Mimik verrät nichts, nichts außer Ablehnung, denn spöttisch und verächtlich schaut er auf sie. Die Hände hat er in die Taschen seiner schmutzigen blauen Latz-Arbeitshose vergraben und scheint unentschlossen zu sein, wie er weiter vorgehen soll. Er schwankt von einem Bein auf das andere hin und her, als ob er an Debby vorbeigehen wolle, sich aber nicht traut.
„Ich dachte, ich mache ein wenig sauber", spricht Debby verlegen nach dem ersten Schreck und wedelt mit ihren nassen Händen in der Luft. Der Blick des Alten tastet ihren Körper ab und das erste Mal in der ganzen Zeit auf dem Hof wünscht sie sich, dass sie angezogen wäre.

Zumindest der Bikini wäre nicht schlecht, damit der alte Mann nicht so unverfroren auf ihre Muschi starren kann.

Er antwortet nicht, spricht kein Wort und das macht es für Debby sehr unangenehm. Sie weiß nicht, ob sie weiter arbeiten, oder mit ihm kommunizieren soll. Sie blinzelt und da schleicht er an ihr vorbei, zieht an der Kühlschranktüre und nimmt sich eine braune Glasflasche heraus. Es ist ein Bier-Mixgetränk, er kehrt zurück zu seiner alten Position, überlegt es sich anders und setzt sich auf die Eckbank ihr zugewandt. Zischend öffnet er den Verschluss und trinkt, schaut weiter zu ihr.

Für Debby ist es sehr unangenehm, denn sein Blick sticht auf ihrer Haut und das überall. Auch das mit den Highheels ist besonders bescheuert. Was vor Minuten noch lustig und sexy war, macht sie jetzt durch seinen Blick zu einem dummen, nackten Stück.

„Ich kann mir was anziehen, wenn sie mein Nacktsein stört", spricht sie hilflos, presst es an dem Kloß in ihrem Hals vorbei. So gerne möchte sie ihren Schoß mit den Händen abschirmen, aber das wäre noch peinlicher. So würde sie zeigen, wie verlegen sie ist.

Er schnalzt und fährt mit seiner Zunge über die Lippen. „Ne, nackt", spricht er und für eine Viertelsekunde begegnen sich ihre Blicke.

Debby ist erleichtert. Nun weiß sie wenigstens, dass sie richtig ist und das Richtige tut. „Gut, dann bleibe ich nackig und mache hier weiter, okay?", fragt sie und zeigt auf den Berg Geschirr hinter sich, aber Zustimmung bekommt sie nicht. Er ignoriert, trinkt nur an seinem Bier und schaut sie nicht an.

Also dreht sie sich herum und nimmt ihre Arbeit wieder auf, wäscht einen Teller ab mit einer Spülbürste, die sie gefunden hat zwischen Tellern und Tassen. Sie spürt seinen Blick auf ihrem Rücken, ihrem Po, ihren Beinen, kippelt auf den hohen Absätzen. Jetzt will sie den Teller abtrocknen, weiß aber nicht wohin damit, denn alles ist noch vollgestellt. Sie dreht sich herum und stöckelt zum Tisch, dort ist noch Platz. Dort legt sie den Teller ab, lächelt einmal Kinks und Wolles Vater zu und kehrt zu ihrer Spüle zurück, nimmt einen neuen Teller auf und wäscht.

Er hat seine Hand in die Tasche gesteckt, hat sie bemerkt und sie überlegt, kann aber nicht bestimmen, ob er sich so unter dem weiten Stoff der Latzhose einen runterholen kann. Es könnte auch harmlos sein.

„Wichsvorlage sein", fällt ihr ein. Sie sollte ja Wichsvorlage sein hatte Wolle gesagt und offensichtlich geht der Plan auf, denkt sie und seufzt, streckt ihren Rücken durch, trägt den Teller durch den Raum wie gehabt.

So kann das nicht weitergehen, denkt sie bei ihrer Rückkehr und schluckt hart. Sie kann unter diesen Blicken, unter diesem Schweigen nicht so hin- und herlaufen, denn schrecklich fühlt sich das an. Sie braucht Kommunikation.

Beim dritten Teller betrachtet er ihr blondes Haar. Sofort und ohne nachzudenken plappert sie los: „Das ist meine natürliche Farbe. Das ist immer so, nicht gefärbt, mehr als strohblond, fast weiß, das ist total selten", spricht sie munter, doch er reagiert nicht, sitzt mit der einen Hand in der Tasche, und Flasche in der anderen und schaut sie an mit stechendem Blick. Nichts verändert sich und Debby kommt sich töricht vor. Aber jetzt, wo sie diesen Weg einmal eingeschlagen hat ... „Mein Haar ist unten auch blond. Also wäre es, aber ich rasiere immer mein Fötzchen, damit es schön glatt ist", plappert sie weiter.

Keine Reaktion. Wie eine Dumme steht sie da mit dem Abtrockentuch in der Hand splitterfasernackt. „Entschuldigung, ich rede zu viel ...", gibt sie zu und dreht sich beschämt herum.

Wolle hatte sie gewarnt, dass der Vater Geplapper von Frauen nicht mag. Sofort ist da diese Angst, dass sie wieder vertrieben wird. Wenn sie dem Vater auf die Nerven geht, muss sie bestimmt verschwinden aus ihrem neuen Paradies.

„Wichsvorlage sein und Klappe halten", spricht sie lautlos, bewegt sogar ihre Lippen dazu und spült weiter, trägt diesen Geschirrberg ab. Es ist gar nicht so einfach, diese Blicke auf Rücken und Hintern zu ertragen, ganz allein in der Küche ohne Kink oder Wolle, denn so ohne Schutz ist sie nur ein nacktes Mädchen, das in einer dreckigen Küche steht und spült.

„Wie oft?", knarrt die Stimme und Debby erschrickt und dreht sich herum. „Wie oft was?", fragt sie und hält den Atem an. Da ist eine Spannung in der Luft, die sie nicht greifen kann. „Wie oft rasierst du?", fragt er und hebt das Kinn in ihre Richtung.

„Ach so, wie oft ich da unten rasiere? Alle zwei Tage oder so, halt damit es schön weich bleibt", antwortet sie erleichtert. Das hat er also gemeint. Gedankenverloren streicht sie mit den Fingerspitzen einer Hand über ihren Venushügel.

Noch immer ist es unangenehm so vor ihm zu stehen, und sie wünscht sich ihren Bikini herbei. Nein, halt, doch nicht. So schlimm ist es jetzt nicht mehr. Fällt ihr auf. Trotzdem, ein Bikini wäre schön. Dann wäre alles etwas geschützt und nicht ganz so blank und besonders jetzt wieder starrt er forschend auf ihren Schlitz.

„Da sind keine Stoppeln zu sehen, die Haare sind blond", will sie entgegnen, hält sich aber zurück. Dann soll er doch auf ihren Schlitz starren, ist schon okay, kapituliert sie vor dem schweigenden Mann. Aber es ist das wie, wie er starrt, nicht das dass.

Sie hat eine Bewegung gesehen und ist sich jetzt sicher. Durch die Tasche hindurch massiert er unauffällig seinen Schwanz.

Seine Zungenspitze fährt über seine Lippen, ist nur einen kurzen Moment zu sehen.

Der Dialog mit ihm ist vorbei, beschließt sie, denn er spricht nicht weiter. Sie stellt sich an die Spüle zurück, wäscht weiter ab.

Sie hat den Teller noch nicht fertig gespült und sieht durch das trübe Fenster hindurch den Vater über den Hof schlurfen mit seinen Arbeitsschuhen und verdreckten Latzhose. Verdutzt dreht sie sich um und sein Platz ist verwaist. Lautlos muss er hinter ihr die Küche verlassen

haben. Debby lächelt und spült weiter, ist froh, dass sie diese Begegnung mit dem Vater überstanden hat.
Das war unangenehm, wenn auch nicht so schlimm, wie anfangs gedacht. Vielleicht muss ich mich einfach noch dran gewöhnen nackt zu sein, sagt sie sich. Es ist ein Unterschied, ob man von jungen Männern angeschaut wird, deren Schwanz man bei Aufforderung in den Mund nimmt, oder ob einen alten, fiesen und vor allem schweigsamen Mann ertragen muss.

Minuten später hört sie ein Motorengeräusch. Ein Fahrzeug wendet und fährt davon. Sie hat bereits die gesamte Spüle und Ablage von Unrat befreit und Teller und Geschirr nach ihrem Ermessen eingeräumt. Gerade hockt sie vor den Unterschränken auf ihren Fersen, da betritt Wolle die Küche, lässt sich grunzend und grinsend und schwerfällig auf der Sitzbank nieder genau dort, wo vor zehn Minuten sein Vater saß.
Debby lächelt ihn an. Sie freut sich, dass sie Gesellschaft, diesmal angenehme Gesellschaft hat. „Na Nackedei, alles klar bei dir?", will er wissen, grinst und reibt mit den Händen durch sein Gesicht.
Sie streicht ihre Flanken entlang, freut sich sehr, dass er erschienen ist. Es kribbelt überall. So steht sie gerne, bei ihm steht sie gerne ohne alles vor der Spüle. Da ist das Nacktsein angenehm und seine Blicke liegen angenehm auf ihr und wärmen.
„Ich räume auf", berichtet sie stolz. „Ja, ich sehe es. Wir haben jahrelang drauf gewartet", strahlt er sie an, breitet seine Arme aus, als sei dies sein Verdienst.
„Machst du mir einen Kaffee?", fragt er freundlich, doch Debby weiß nicht, wie. Die Kaffeemaschine hatte sie noch nicht bemerkt.
Ächzend steht Wolle auf und tritt neben sie. Er riecht nach Stall und Schweiß. Debby erwartet von ihm angetatscht zu werden, eine Hand an ihrem Hintern, irgendetwas dieser Art, aber nichts passiert. Nur einmal schiebt er sie ein wenig zur Seite, denn sie steht im Weg.
Nein, sie wird nicht weiter angefasst.

Schließlich bollert die Kaffeemaschine und er ist zurück auf seinem Platz.

„Kink ist in die Stadt, der muss ein paar Teile besorgen für Vatter. Ich habe ihm gesagt, er soll dir noch zwei Paar Schuhe mitbringen, geile Teile, damit du kleine Bitch herumstöckeln kannst. Kannst ja nicht immer die gleichen tragen, war das richtig?", spricht er mit tiefer Stimme und Debby freut sich, wirft ihr Haar zurück und streicht wieder mit ihren Fingerspitzen über ihre Brüste.

„Oh, das ist aber lieb, sehr geil ja", freut sie sich, steht im Hohlkreuz und drückt ihre kleinen spitzen Brüste vor. Ein tolles Gefühl ist es so zu stehen, es prickelt in ihrem schmalen Schlitz.

Wolle ist wirklich nett. An alles denkt er, auch an ihre Sachen und was sie braucht. Der Kaffee ist durchgelaufen und sie beeilt sich, schenkt ihm ein mit Milch und Zucker und allem Drum und Dran und balanciert die Tasse an seinen Tisch.

„Bin mal gespannt, was er mitbringt, Einkaufen ist nicht seine Stärke", brummt er, spielt mit seiner Zigarettenpackung auf dem Tisch, hat eine Zigarette bereits entnommen.

„Hast du mal Feuer?", fragt er und natürlich hat sie Feuer! Freudig überrascht dreht sie sich herum, zieht an ihrem Hintern und präsentiert ihre Rosette. Sie drückt, das Feuerzeug gleitet hinaus und sie ist sehr stolz. Sie hat alles richtig gemacht, wartet artig in der Haltung, bis er seine Zigarette entzündet hat und dann fühlt er mit einem Finger vor, drückt ihn ihr in den Po. Sie seufzt, denn es ist ein starkes Gefühl, obwohl sie damit gerechnet hat. Sie kippelt auf den Zehenspitzen, aber Wolle zieht sie zurück mit gekrümmtem Finger in ihrer Rosette.

„Hiergeblieben du kleiner Nacktarsch", grunzt er und sie kichert. Was für ein Gefühl! Sie könnte jubeln, so schön ist das, wenn das jemand macht. Sie streicht mit ihren Händen über ihre Pobacken, hält ihm weiter ihr Arschloch hin. Debby kippelt auf den hohen Absätzen, genießt den Finger, der so schön da innen in ihr krault.

„Menno, schon wieder mein kleiner Arsch. Ständig in meinen Arsch von euch Jungs", meckert sie falsch und grinst. „Gewöhnst du dich langsam dran?", fragt er warm und steckt den Finger tief. „Ja, und es ist so gemein", protestiert sie, tritt künstlich empört mit einem Fuß auf und zieht ihre Pobacken auseinander für ihn.

„Ich habe Kink gesagt, er solle Buttpluggs mitbringen, damit du ständig was im Hintern hast, nicht nur ein Feuerzeug, was Dickes, was du auch den ganzen Tag spürst und an deiner Rosette zieht", erzählt er und grinst. Es sieht einfach fabelhaft aus, wie sein Finger in ihr versinkt. Er spuckt einmal auf die Stelle zur Schmierung und sie hat sich ein wenig erschrocken. Sie hat gezuckt und er hat es an seinem Finger gespürt.

Debby kann kaum stillhalten, seufzt einmal laut, denn Lust treibt sie an. Alleine diese Vorstellung, dass sie mit etwas Dickem im Hintern herumlaufen soll ... ganz fiebrig ist ihr und antworten kann sie nicht.

„Das stecken wir dir rein und dann den ganzen Tag bleibt das da drin und jeder kann es sehen", säuselt er und seine Stimme klingt düster.

„Ja, macht das, ja, ich möchte mit was im Arsch herumlaufen, ja", antwortet sie und schluckt hart. Kaum zu ertragen ist das.

Wolle zieht den Finger aus ihrem Darm, kreist noch einmal auf der Rosette, des noch nicht geschlossenen Loches. Ihr schaudert und es fällt ihr sehr schwer, stillzustehen.

„Hängst du dich mit deiner Schnute noch mal an meinen Schwanz du Flittchen mit dem geilen Arschloch? Auch, wenn Kink nicht da ist, ich weiß ja nicht ...", fragt er warm und zögerlich.

Debby freut sich und tippelt zwei Schritte vor. Sie dreht sich, streckt sich, streicht mit ihren Händen über Tittchen und Körper und lächelt ihn an. „Klar mache ich das. Ich denke, unter Brüdern geht das okay", spricht sie süffisant und geht zwischen seinen Knien in die Hocke, setzt sich auf ihre Fersen. Mit flinken Fingern öffnet sie seinen

Hosenstall, er muss nur zuvor lässig an seinem Gürtel ziehen. Auch seinen Sack legt sie frei und halbsteif pendelt sein Schwanz vor ihrem Gesicht. Sie lächeln einander an und Debby muss grinsen. Sie freut sich so sehr und es kribbelt. Alles, was sie hier macht, macht Spaß und jetzt darf sie wieder, muss nur ihr Mäulchen öffnen und darf wieder lutschen.

„Das ist lieb, das war nämlich gerade sehr geil am Stall", spricht er. „Fand ich auch", haucht sie, grinst, freut sich diebisch und nimmt seinen Schwanz in den Mund. Wunderbar warm und dick liegt er in ihrem Mund und schmeckt nur ein wenig salzig. Sie saugt, fährt mit der Zunge über seine Eichel und streichelt mit ihren Fingerspitzen über seinen Sack.

Wolle schiebt eine ihrer blonden Haarsträhnen zurück, zieht an der Zigarette und prostet ihr mit der Kaffeetasse zu.

„Denkst du, Kink hat etwas dagegen, wenn du mein Sperma frisst", fragt er, grinst breit und nippt an seinem Kaffee. „Glaub ich nicht. Ich denke, er mag es, wenn ich an anderen Schwänzen hänge und schlucke, zumindest hat er das gesagt", lügt sie und massiert mit drei Fingern seinen Schaft. Sie legt sich seine glänzende Eichel auf ihre Lippen und grinst ihn an.

„Na dann mal los. Ins Schnütchen mit meinem Teil und saug dich fest, bis ich spritze. Nicht plappern jetzt", fordert er sanft und sie lächelt noch einmal und taucht die Eichel in ihren Mund.

Was für ein schönes Gefühl. Es ist so wunderbar, so zwischen seinen Beinen zu hocken und der gerade, harte Schwanz steckt in ihrem Mund.

„Ein bisschen tiefer und angucken, schau mich an", fordert er warm und tippt mit einem Finger auf ihre Wange. Sie nimmt den Schwanz tiefer, jetzt steckt er ein Drittel in ihrem Mund und schaut zu ihm mit großen Augen auf. Er lächelt milde zu ihr herab, zieht an seiner Zigarette und der Rauch steigt in Schlieren auf.

„Nicht so viel Zunge. Im Mundraum lassen und saugen und leicht vor und zurück, ganz langsam. Du willst doch das Sperma, oder nicht?", fragt er sanft und sie muss die Augen schließen für einen Moment. Es ist so ungeheuer intensiv, diese Ansagen sind ..., seine Sätze so unverschämt geil.

Es ist unbequem so für sie. Ihre Beine schmerzen und ohne den Schwanz aus dem Mund zu nehmen, geht sie auf alle Viere, langsam wie in Zeitlupe, setzt die Knie auf den Boden, dann die eine, dann die andere Hand. Weiter schaut sie mit großen Augen zu ihm auf.

„Genau, wie so ein Kälbchen an der Tränke. Alles an dir kleinem Nackedei will jetzt saugen. Das Schnäuzchen, das Köpfchen, der kleine zitternde Körper, die Tittchen, Muschi, deine Gräten, alles hängt jetzt nur an diesem Schwanz und will", säuselt er und es zittert in ihr, denn es funktioniert. Alles an ihr und in ihr ist steif und hart und ihr Herz schlägt wie wild. Nichts anderes zählt mehr, nur noch dieser Schwanz, und das Blut rauscht in ihrem Kopf.

„So gefällt mir das. Schön langsam, nur ein wenig vor und zurück, nur diese zwei Zentimeter, du musst nicht tiefer oder so", surrt seine Stimme zufrieden.

Vor und zurück schiebt sich ihr Körper und wo ihre Lippen sich von seinem geröteten Schaft zurückziehen, bleibt eine glänzende Spur.

Wolle schnaubt und grunzt zufrieden, trinkt an seinem Kaffee und betrachtet die nackte Frau, die da vor ihm auf allen Vieren hockt und ihn mit großen Augen anschaut.

„Festgesaugt" trifft es ganz gut, denn genau so sieht es aus.

„Und wenn ich gleich spritze, dann zappelst du nicht herum, du bleibst genau so und trinkst. Du bist ein kleines, nacktes Kälbchen, das an Schwänzen trinkt, alles normal", spricht er vertraut und streichelt über ihr Haar mit seiner Pranke. In ihr ist alles verschmolzen und wabert. Auch hört sie seine Stimme nicht mehr. Wie in Trance saugt sie und ihr ist wunderbar warm.

„Ein blondes Kälbchen", gluckst er und zwinkert ihr zu, Aber sie bekommt nichts davon mit. Das Einzige was zählt, ist dieser Schwanz in ihrem Mund.

Der „Schuss", kommt überraschend, ganz plötzlich, ohne Anzeichen spritzt es in ihren Mund und er füllt sich mit heißem Sperma. Wie selbstverständlich schluckt sie es hinab, ohne den Schwanz aus dem Mund zu nehmen, denn es ist völlig natürlich. Natürlich trinkt sie das, denn dafür ist sie da.

Hochzufrieden schaut er auf sie herab, sie lutscht weiter, entspannter jetzt. Sein Kommen war ein leichter, erlösender Hauch, eine kleine Spitze, die es jetzt befreiter macht. Ein Orgasmus war es nicht, bei weitem nicht, aber der Nebel ist verflogen, sie sieht wieder klar.

Sie rückt näher, setzt sich kniend auf ihre Fersen und lutscht und pumpt noch immer an seinem nun schlafferen Schwanz, ganz langsam jetzt. Das macht Spaß und es hallt nach und in ihrem Mund ist noch der Spermageschmack. Mit wieder freien Händen, kann sie nun auch seinen Sack wieder streicheln.

Er schiebt an ihrem Haar, damit er ihr Gesicht sehen kann. „Das war schön, das machen wir immer so jetzt", ist er zufrieden mit ihr. Sie nickt mit nassem Schwanz im Mund. „Oh verdammt", knurrt er. Ihm ist seine Zigarette abgebrannt. Er pflückt eine neue aus der Packung und zündet sie sich an.

„Da warst du aber artig, hast nicht losgelassen, sehr brav, du kleiner Nackedei", lobt er hochzufrieden und tätschelt sie. Sie lutscht und freut sich über das Kompliment. Sie hat alles richtig gemacht und es war gar nicht schwer.

„Was meinst du, trinkst du auch mal mein Pipi?", fragt er munter und sie wimmert, schüttelt den Kopf, schaut ihn an mit entsetztem Blick, nimmt den Schwanz aber nicht aus ihrem Mund. Auf keinen Fall wird sie das! Das wäre eklig, oh nein!

Er scheint enttäuscht, zieht an der Zigarette und blinzelt den Rauch weg. „Nicht? Okay, schade", murmelt er und sitzt fett und schwer nun zusammengesunken mit seinem fleckigen T-Shirt und tätschelt ihr Haar.

„Aber ficken. Kink lässt mich dich bestimmt ficken in ein paar Tagen, oder was denkst du?", fragt er neu munter. Sie lutscht und schnaubt, denn ihre Lust steigt an. Was er da spricht ist unverschämt, aber es wirkt und sie weiß nicht wohin, also saugt sie an seinem Schwanz und schluckt hart die Lust hinab.

„Würdest du das machen? Würdest du mit mir ficken?", fragt er und kneift sie in die Wange. Sie nickt nur trübe, schwimmt in einem See aus Lust. Es ist diese Art, diese Ansage. So richtig hat sie die Frage nicht verstanden, nickt nur dazu und schlürft.

Er greift unter ihre Achseln und zieht ihren Leib hinauf, sie ist ein Leichtgewicht für ihn, wie eine nackte Puppe. Sie erschrickt und versteht nicht, denn plötzlich ist ihr Mund leer. „Komm, einmal auf meinen Schoß einmal reinstecken, nur antesten", spricht er sanft und wie automatisch sortiert sie ihre Beine mit den Heels über seine Oberschenkel, sie wird niedergedrückt, seine Hand tatscht von hinten über ihren Oberschenkel hinweg zu ihrer Muschi und sein Schwanz gleitet hinein. Es war eine Bewegung, ein einziger Fluss, zumindest kam es ihr so vor. Es ist einfach passiert.

Sie wird durchgerüttelt, hinuntergepresst und ein wohliges Gefühl breitet sich aus. Sie seufzt dankbar, er steckt drin. Trübe wird ihr klar, dass sie fickt. Sie sitzt auf dem Schwanz, auf Wolle, diesem fetten Kerl, aber ihr Widerstand ist gering. An ihrem Kinn wird gezupft und dann sind ihre Gesichter ganz nah. „Och Gott, du bist ja ganz high, du weißt gar nicht was passiert, kann das sein?", fragt er und gluckst. Sie nickt nur und fühlt seinen Schwanz in ihrer Muschi. „Du wirst nur kurz angefickt, nur ein kurzer Test du kleines Nüttchen", spricht er lieb und sie nickt und lässt es geschehen. Schön ist das, denkt sie trübe und dann wird sie von seinem Schwanz gezogen, der schlackernd und triefend aus ihrer Muschi gleitet. Leider schon vorbei.

Sie steht auf ihren Highheels und ihre Beine schlottern. Erst jetzt begreift sie, was geschehen ist. Das ging so schnell. „Upps", macht sie und kichert. „So schnell kann das gehen. Da steckt man auf einem Schwanz des fetten Bruders und schon ist es wieder vorbei. War es schlimm du Nackedei?", fragt er süffisant und grinst. „Eigentlich nicht", antwortet sie, lächelt und wird wieder klar.

Kapitel 13

„Ihr seid echt unmöglich, ein typischer Männerhaushalt", gluckst Debby. „Warum dat denn jetzt?", braust Wolle auf. Es ist nicht ernst gemeint, sie frotzeln nur herum. Wolle, Kink und Debby stehen in der nun deutlich aufgeräumteren Küche, denn sogar durchgekehrt hat sie. Auf dem seit Monaten erstmals gewischtem Küchentisch liegen drei riesigen Pizzakartons. Familienpizzen warten auf sie. Acht dieser leeren Kartons hat Debby die zurückliegenden beiden Stunden bereits entsorgt mit und ohne Pizzareste, diese hier hat Kink aber frisch mitgebracht.

Kink ist zurück aus der Stadt und hat „Futter" mitgebracht", wie es von Wolle erfreut hieß. Da wurde er schnell und hatte seinen voluminösen Körper hinter Kink in die Küche geschoben. Es duftet aber nicht in der Küche, denn die Pizza ist kalt.

„Das machen wir immer so. Bis die hier ist aus Kap Kishon, ist die immer kalt. Wir machen die halt warm", erklärt Kink", „Manchmal", ergänzt Wolle und hat einen Karton bereits geöffnet und zupft an einem großen Pizzastück herum. Debby schnellt vor und klopft ihm auf die Finger, zieht die Packung weg.

„Nix da. Gegessen wird vernünftig, wenn schon die Zeiten Durcheinanders sind – es ist vier Uhr nachmittags – dann wenigstens warm und am Tisch", erklärt sie entschieden. Wird einmal Zeit, dass in dieser Müllhalde zumindest ein wenig System einkehrt, findet sie und das ist die Gelegenheit. Genug gestaunt hat sie über das Chaos im Haus die letzten Stunden. Vier große Müllsäcke hat sie vor die Türe gestellt. Sie musste lachen, denn so viel Schrott und offensichtlicher Abfall war dabei. Gott seid Dank hielt sich das mit den Essensresten in Grenzen, denn das wäre eklig, aber von allem anderen Müll, gab es mehr, als man sich denken kann.

Also müssen sich die beiden Jungs an den Tisch setzen und sie wird sich kümmern. In der nun ausgewischten Mikrowelle werden sorgsam auf gespülte Teller gelegte Pizzastücke aufgewärmt, Besteck liegt auf dem Tisch und je steht ein Glas mit Getränk an ihrem Platz.

„Das ist Pizza. Die isst man mit den Fingern!", empört sich Wolle und bereut es sofort, denn jetzt werden sie auch noch zum Händewaschen geschickt.

„Boah, jetzt geht es aber los!", stöhnt er, aber die nackte Debby kennt kein Pardon. Sie hat das Regiment in der Küche übernommen und das bekommen die Männer zu spüren, steht dort, hat demonstrativ die Arme in die Seiten gestemmt.

„Vielleicht hat Vatter doch recht mit den Frauen, man sollte sie fesseln", brummelt Wolle, als er Kink Richtung Badezimmer folgt, denn ihre Drecksgriffel in der frisch gewischten Spüle waschen dürfen sie auch nicht. Es ist eindeutig, es weht ein neuer Wind.

„Dafür bekommen sie dann die Pizza warm und sorgsam angerichtet auf einem Teller serviert und die niedliche Bedienung ist komplett nackt, von ihren Highheels abgesehen. Also verzichten sie auf dumme Kommentare, beschweren sich nicht und Kink macht ihr Platz, so dass auch sie sich auf die Sitzbank setzen kann.

Sie plaudern und Debby wird sogar gelobt für ihre Aufräumerei.

„Du hast die Küche verwüstet", grunzt Wolle zwar, aber es ist nicht so gemeint. Nun sind die Arbeitsflächen wieder erkennbar, auch wenn sie nicht glänzen, denn dazu sind sie zu abgenutzt und alt.

Die Einkäufe werden besprochen. Ja, Kink hat Schuhe für sie mitgebracht, aber Bescherung gibt es erst am Abend, haben die Männer beschlossen, auch wenn Debby ungeduldig quengelt.

Wolle erinnert sich des spannendsten Themas: „Hast du Analplugs für das kleine Hühnchen mitgebracht?", fragt er, aber Kink grinst dümmlich und kaut auf seiner Pizza. „Hatten sie nicht", erklärt er und Wolle prustet los.

„Sie hatten keine Analplugs im Sexshop? Oh Gott, der Nachschub stockt", frotzelt er und Kink macht ein zerknirschtes Gesicht.

„Ich habe es vergessen", brummt er halblaut. „Hast du nicht. Du hast dich nicht in den Shop getraut", gluckst Wolle und seine Augen leuchten vor Schadenfreude. Kinks Gesicht ist gerötet und Debby muss grinsen. Manchmal ist er einfach unbeholfen süß. Das verdient einen Kuss. Auf die Wange bekommt er ihn und gequält schaut er sie an.

„Ich wusste nicht, ob du das überhaupt willst mit einem Dildo im Hintern und so?", murmelt er. Wolle aber lacht. „Die will die ganze Zeit etwas in den Arsch, die dreht doch die ganze Zeit ihren Hintern, Unsinn. Die will. Du hast dich nur nicht in den Sexshop getraut", behauptet er, schiebt seine riesige – ausnahmsweise gewaschene – Pranke über den Tisch.

„Hättest du denn so etwas gewollt wie einen Plug?", fragt Kink schüchtern zu ihr und sie schmunzelt. „Wir gehen das nächste Mal gemeinsam hin, okay?", spricht sie versöhnlich und sein Gesicht läuft nun sehr rot an. Diese Vorstellung scheint noch schlimmer zu sein.

„Aber der Nackedei braucht was im Arsch. Die sehnt sich doch danach, dass etwas in ihrem kleinen Arschloch steckt, den ganzen Tag, irgendetwas, was man sieht und dicker ist als ein Feuerzeug", spricht Wolle fröhlich und zeigt mit geöffneter Hand zu ihr hin über den Tisch.

Debby lächelt. Wolle kann wirklich lustig sein. Er hat immer eine neue Idee. „Na, dann denkt euch mal etwas aus. Etwas, was nicht rausfällt und wenn ihr euch geeinigt habt, steckt ihr es mir rein", bietet sie an. „Und du läufst den ganzen Tag damit herum?", fragt Wolle und grinst. „Ja klar, wenn es gut ist ja", erklärt sie sich bereit und fletscht ihre Zähne.

Sofort blickt Wolle sich in der Küche um. Teller, Becher, Gläser, Besteck, Gewürzdosen. Egal wohin er schaut, immer ist der Gegenstand zu klein, zu groß, oder hat eine Form, die aus ihrem Hintern fallen wird.

Sie schaut zu Kink, der schweigend neben ihr sitzt. „Bestimm du, was in meinen Arsch soll. Irgendwas lustiges", spricht sie warm und greift nach seiner Hand. Ihre Blicke treffen sich und sie grinst und richtet betont entspannt ihr platinblondes Haar, spannt ihren nackten Körper ein wenig an, stellt ihren Po heraus, denn dort soll ja gleich was auch immer hinein.

Wolle wartet gespannt ab, hält den Kopf nach hinten gekippt und beobachtet das Paar. „Die Spülbürste", spricht Kink und schmunzelt einen winzigen Moment.

„Das flutscht raus", gackert Debby, aber findet die Idee lustig. Die Jungs sind einfach albern.

Sie sind so begeistert von ihrer Idee, da macht sie gerne mit. Vorgebeugt muss sie auf ihren Highheels kippeln und die Brüder, einer rechts, einer links, stehen neben ihr und ziehen an ihrem kleinen Hintern, drücken den Griff der Spülbürste in ihr Arschloch hinein. Das Feuerzeug durfte sie zuvor in Wolles Hand drücken und alle kichern. Was für ein Spaß, zwei Männer an ihrem Arsch und der Plastikgriff in ihrem Darm fühlt sich verrückt an.

„Hält es?", will Wolle wissen, denn sie haben den Stil der Bürste tief in ihren Anus gedrückt, aber er ist schlank und glatt und Debby befürchtet, dass er trotzdem aus ihrem Po flitschen wird. Das kann sie nicht im Hintern halten, besonders, wenn er angefeuchtet und glitschig ist.

Vorsichtig richtet sie sich auf. Je eine Männer-Hand liegt auf ihren Brüsten. Eine schlanke zarte von Kink, eine dicke Pranke von Wolle, sehr verschieden. Debby nackt zwischen zwei Männern, das fühlt sich gut an. Die Bürste steckt und die Fläche mit den Borsten steht unterhalb ihres Pos vor und frei in der Luft.

Die Männer rütteln an ihrem Hintern und Wolle zwickt sie in die Seite, damit sie sich bewegt. Kink drückt an der Bürste und Wolle krault mit einem Finger in ihrer Muschi, damit sie ihre Hüfte kreisen lässt. Sehr unverschämt ist das, aber sie lacht ihn an.

„Na komm, komm, komm du Flittchen, zeig dich mal, dreh dich", fordert er und fingert in ihr. Sie wimmert und windet sich unter seinem Übergriff, aber die Bürste hält und steckt in ihrem Arsch.

„Kink fick sie mal mit dem Ding", rät Wolle, aber der winkt ab. „Später", antwortet er und sie setzen sich wieder an den Tisch. Debby wärmt das zweite Stück Pizza für jeden auf, grinst und freut sich an dem Ding im Po, das sie kaum spürt. Der Griff ist zu schmal und glatt. Kaum eine Rolle spielt das. Trotzdem ist es ein cooles Gefühl. Die Bürste da hinter sich, ein wenig ist das wie ein provokantes Ende, ein Schwänzchen mit Borsten daran.

„Okay, ein Provisorium. Aber ich hätte gerne so ein Puschelschwänzchen, wie bei einem Hasen", schlägt sie vor und grinst. „Und wenn wir an deinen Arsch wollen, ziehen wir es einfach heraus und bedienen uns", gackert Wolle und Debby bringt die Teller und nickt.

Erst als sie in die Hocke geht vor dem Tisch, probeweise, flutscht die Spülbürste hinaus. Es ist eben doch nur ein Provisorium.

„Was ist denn mit Vater? Bekommt der nichts zu essen?", fragt Debby, denn an den hat offensichtlich noch niemand gedacht. Seit Stunden muss er jetzt in der Halle, seiner Werkstatt sein, denn seit seinem Besuch in der Küche, hat sie ihn nicht wieder gesehen.

Der komme immer irgendwann vorbei, wird ihr berichtet, aber Debby findet das nicht gut. „Der isst nicht mit uns, vergiss es. So Zeit nimmt der sich nicht", erklärt Kink. Er schüttelt den Kopf, denn sie hat noch nicht verstanden, wie der Vater tickt.

„Dann bringe du ihm doch eine Portion. Das freut ihn bestimmt", schlägt Wolle vor und mampft an einem übergroßen Stück Pizza, da er sich zu groß abgeschnitten hat.

„Kann nicht einer von euch lieber", antwortet Debby gequält und zupft an einer ihrer Zitzen. Sie steht vor dem Tisch, da sie sich mit der Bürste im Hintern im Sitzen nicht richtig fühlt. Das drängt und drückt hintendrin und immer stößt sie irgendwo an.

„Was ist denn los?", will Wolle wissen und hängt über seinem Teller, denn Käsefäden ziehen sich aus ihrem Mund. „Ich bin nicht gerne allein mit eurem Vater, er war in der Küche und da war es fies. Diese Blicke und so", gesteht sie, schüttelt sich und fühlt sich dumm dabei. Aber mit dem Vater allein in der Küche ...

„Komm mal her ...", spricht Wolle mit vollem Mund und winkt sie den einen Schritt heran mit seinen von Pizza fettigen Fingern. Längst hat er Besteck zur Seite gelegt und stopft sich das Essen mit den blanken Fingern in den Mund.

Sie macht diesen einen Schritt zu ihm hin. „Schlitz vorstrecken, du albernes Hühnchen, wir müssen einmal was klären", spricht er ruhig und sie versteht nicht. Aber er winkt weiter mit seinen Fingern, hat die Hand auf die Tischplatte gelegt. „Ich muss mich einhaken", erklärt er und sie begreift, kippt ihr Becken vor. Zwei dicke Finger gleiten in ihre Muschi und haken sich innen über ihr Schambein ein, liegen auf dem G-Punkt auf und es donnert in Debby. Sie zittert einen kurzen Moment und starrt ihn an, stellt sich auf die Fußballen, will dem Gefühl ausweichen, aber Wolle drückt die Finger höher. Jetzt balanciert sie beinah auf den Zehenspitzen vor der Tischkante.

Er blickt lässig zu ihr hinauf, hält sie fest in der Muschi gepackt. Instinktiv fahren ihren Hände nach vorne, sie will sich befreien, aber er schnalzt tadelnd mit der Zunge. „Fingerchen auf den Po", schnurrt er und ihre Bewegung stoppt und sie legt ihre Hände auf ihren Hintern wie befohlen. Es raubt ihr den Atem und sie starrt ihn an.

„Du kleiner Nackedei. Du bist doch ein kleiner Nackedei, oder?", fragt er süßlich. Sie nickt, denn sie ist ein Nackedei, fühlt sich so, steht ganz brav blank auf Zehenspitzen und streckt blanke Muschi und Tittchen vor. „Und ich darf dem Nackedei so in die Muschi fassen, wenn ich ein ernstes Wort zu reden habe?", fragt er warm und drückt auf ihren G-Punkt. Es ist eine Flut aus

Lust und Spannung in ihr. „Natürlich darfst du das", antwortet sie artig, beinah überschlägt sich ihre Stimme. Er fasst nach, greift tiefer, Blut schießt in ihren Kopf und sein Daumen liegt auf ihrer Klitoris.

„Was haben wir mit Vatter vereinbart?", fragt er streng und sie halten Blickkontakt. „Wichsvorlage sein", antwortet sie aufs Geratewohl. Ihr Kopf ist wie verstopft, denn ihre Klitoris wird gedrückt.

„Nackt. Du bist ab jetzt nackt und auf Highheels und zwar den ganzen Tag", erinnert er sie an die Abmachung. Sie nickt. „Und die Nächte", spricht er weiter und sie nickt abermals. „Und du bist munter und fröhlich und zeigst allen alles, besonders deine Tittchen und deine niedlichen Löcher. Auch Vatter oder irgendwelchem Besuch", erklärt er und es zuckt in ihr. Es ist zum wahnsinnig werden, denkt sie und ihr ist unendlich heiß.

„Wiederhole einmal und versprich es", fordert er und sie muss sich anstrengen und konzentrieren. „Ich bin immer nackt und auf Highheels und immer fröhlich, zeige alles, auch dem Vater und irgendwelchem Besuch", wiederholt sie sinngemäß mit jetzt sehr heißen Ohren. Das turnt an.

„Und du setzt dich auf mit deinem kleinen Arsch auf deine Fersen und bläst, wenn wir es wollen, schluckst ohne Widerworte und bedankst dich", legt er nach und sie schluckt hart und nickt. „Versprochen, überall", stimmt sie zu.

„Schön, dann wäre das geklärt. Ab mit deinem blanken Fötzchen zu deinem Freund und wiederholen", spricht er, scheint zufrieden und gibt ihre Muschi frei. Drei Atemzüge kann sie erholen, dann steht sie vor Kink und der macht es seinem Bruder nach. Wieder stecken Finger in ihrer Muschi, wieder liegt ein Finger auf ihrer Klitoris und wieder fällt ihr das Atmen schwer, aber sinngemäß bekommt sie das Versprechen hin.

Sie rückt einmal an der Spülbürste, kontrolliert, ob sie noch steckt und lächelt die Männer hinreißend an. Läuft doch.

„Das war geil Süße", staunt Kink und scheint überraschend zufrieden. Sie schauen einander an und zärtlich schiebt sie ihr Haar zurück, kippelt auf den hohen Absätzen. „Ja, das war geil, seid streng zu mir kleinem Dummchen. Das ist schön", spricht sie und schaut zwischen den beiden Brüdern hin und her. Sie grinsen sich gegenseitig an. „Und ich liebe es, wenn ihr mich „Nackedei" nennt und das mit der Spülbürste und einfach alles", seufzt sie erleichtert und ihr Herz ist so leicht.
Wolle strahlt und breitet seine Hände. „Dann mach Vatter mal Pizza fertig Nackedei und flitzt du rüber zu ihm", spricht er und Debby beeilt sich.

Flitzen kann sie nicht auf ihren hohen Absätzen, keine Rede davon! Sie ist froh die Strecke über den Hof mit Teller und Pizza darauf heil zu überwinden. Außerdem muss sie auf die Spülbürste achten, ihren kleinen Po zusammenkneifen, damit ihr harter provisorischer Stummelschwanz nicht auf halber Strecke verloren geht.
In dem Vorraum der Halle angekommen, stellt sie einmal den Teller ab und justiert die Bürste neu in ihrem Hintern. Sie muss sie tiefer hineindrücken, denn beinahe wäre sie herausgerutscht. Der Griff ist zu glatt, ihr kleines Loch kann das nicht halten und mit jeder Bewegung gleitet er ein wenig heraus, hat sie das Gefühl.
Ihre Absätze klappern und sie läuft in der Halle zwischen den riesigen Maschinen und rostigen Fahrzeugen herum, hält den Teller immer vor sich in Händen und kommt sich dämlich vor. Rufen möchte sie nicht, denn sie kennt seinen Namen nicht. Sie kann ja nicht „Vatter" rufen. Schließlich findet sie den alten Mann. Er steht in einer kleinen Kammer die zugestellt ist mit Komponenten einer großen Maschine und lauter Kleinteilen überall. Alles ist grau und verschmiert und offensichtlich voller Maschinenöl. Dort steht er in seinen verschmierten Sachen und schaut sie über seine milchig verschmutzte Lesebrille hin an.
„Ich ... ich soll ihnen das Essen bringen", spricht sie, steht sehr aufrecht und hält ihm den Teller mit Pizza hin. Da ist

er wieder, dieser Blick und Debby fühlt sich so unanständig nackt. Gott sei Dank hält sie wenigstens den Teller in Händen.

Der Vater betrachtet die Pizza, zögert noch einen Moment. Debby tritt näher und kommt sich wie eine Dienstbotin vor. Er greift zu, zieht sich ein Stück der Pizza vom Teller und stopft sich einen Bissen in den Mund. Sie weiß nicht, wohin, jede Ablagefläche ist vollgestellt. Überall liegen Teile, Werkzeug oder Kleinkram herum.

Da ist ein Karton, darauf könnte sie es abstellen. Zwei Schritte, sie beugt sich vor und während sie den Teller auf die Pappe balanciert, gleitet die Spülbürste aus ihrem Hintern und plumpst auf den Boden. Eilig geht sie in die Knie und hebt sie auf.

Das ist ihr sehr unangenehm. Genau im falschen Moment ist es passiert. Er schaut sie weiter schweigend an, kaut Pizza und ihr fehlt der Teller, der sie schützt, ist nun vollkommen blank und hält die Bürste in der Hand, deie ihr aus dem Hintern gerutscht ist.

„Die Jungs haben mir die in den Po gesteckt. Sie machen so einen Quatsch mit mir, weil ich nackig bin, aber das Ding rutscht immer heraus", erklärt sie und muss beinahe weinen vor Hilflosigkeit. Sie reckt sich, bemüht sich den Bürstenstil wieder in ihren Po zu stecken, denn da gehört die Bürste ja hin. Es will nicht, sie ist zu hektisch, trifft ihr Poloch nicht. „Aber eine Bürste ist Mist, der Stiel ist zu dünn, es flutscht immer", wimmert sie und macht Verrenkungen auf den dünnen Absätzen, bemüht sich das Ding in ihren Hintern zu treiben.

Er leckt seine fettigen Finger ab und betrachtet Debby.

Da! Sie hat die richtige Stelle gefunden und angenehm gleitet endlich der Griff wieder hinein. Sie schließt ihre Augen einen Moment und genießt, dass nun wieder alles in Ordnung ist. Der peinliche Augenblick ist vorbei.

Als sie ihre Augen wieder öffnet, hält er einen Schraubendreher in seiner schmutzigen Hand und zu ihr hin. Der Griff ist rot, nicht besonders groß und hat eine wellige Form. Sie versteht nicht, schiebt an ihrem Haar. Dann versteht sie doch und schaut ihn an.

„Soll der in meinen Hintern?", fragt sie unsicher und schluckt hart. Sein Nicken ist winzig und sie nimmt zögerlich den Schraubendreher entgegen. Er greift sich ein neues Stück Pizza und stopft es sich in den Mund.

Also Bürste aus dem Hintern, Poloch nass machen und Schraubendreher drücken – sie hat verstanden, hält die dünne Spitze des Werkzeugs in der Hand und drückt den Griff auf ihre Rosette. Sie erhöht den Druck, setzt neu an, noch mehr Druck. Der Griff ist stumpf und dicker als der Bürstenstil, es will nicht hinein. Verrenkungen macht sie, grinst ihn verlegen an. Ein komisches Bild muss das sein, denkt sie, und müht sich ab. Eine nackte junge Frau versucht sich an ihrem Po mit einem zu großen Gegenstand.

Verkrampft-lächelnd schaut sie einmal zu ihm, aber er kaut an seiner Pizza und beobachtet sie durch fettige Brillengläser, steht sogar beinahe lässig in seinem Blaumann da. Sie versucht es durch ihre Beine hindurch, von hinten unten, ihr Poloch weitet sich, aber der Griff gleitet nicht hinein. Es klappt nicht. Unbeholfen steht sie auf den hohen Absätzen.

„Dreh dich", brummt er und Debby flimmert es vor Augen, das wird unangenehm, aber was soll sie machen? Also gibt sie ihm entmutigt den Schraubenzieher und dreht sich herum. So wie heute Morgen, will er es, also beugt sie vor, zieht an ihren Pobacken, zerrt mit ihren Fingerspitzen ihr Poloch auf. Es ist eine erniedrigende Prozedur. Sie will das nicht, aber es gibt keinen Weg zurück und sie hält ihr Arschloch hin.

Er drückt viel mehr, viel fester und sie jauchzt und ihr Poloch weitet sich und der Griff gleitet hinein. „Wow, ja, danke ohhhaaa", stöhnt sie, denn es ist ein intensives Gefühl. Ihr Poloch ist geweitet jetzt. Das ist ein anderes Kaliber als die kleine Spülbürste. Noch nicht richtig groß – es ist ein kleiner Schraubendreher – aber immerhin. Schließlich steht sie vorgebeugt und ein alter Mann schiebt an dem Schraubendreher, das ist etwas anderes. Debby seufzt und balanciert auf den Zehenspitzen in ihren Schuhen, weicht dem Druck ein wenig aus, indem

sie sich reckt. Vor, Zurück, vor, zurück schiebt und zieht er den Griff in ihrem Arsch. Die kleinen Mulden massieren ihre Rosette, als sei es ein Dildo mit Noppen.
„Oh Gott", seufzt sie und hält die Pobacken weiter für ihn gespreizt. Es ist intensiv und so überraschend. Ihr Arschloch wird von einem Schraubenzieher gefickt. Was für ein Gefühl!
Sie wimmert, windet ihren Kopf hin und her. „Genug, bitte, Hilfe", bittet sie und spreizt eine Hand nach hinten, er aber hat mit seiner freien Hand ihre Hüfte fixiert und schiebt den Schraubendreher in schneller Folge vor und zurück. Es donnert in ihrem Arsch und sie weiß, dass sie keinen Widerstand leisten darf. Er ist der Boss, der Vater, an ihm liegt es, ob sie bleiben darf oder nicht. Da muss sie das erdulden ... und außerdem ist es ... es ist unangenehm, denn es ist heiß und auch irgendwie geil.
„Okay, okay, okay, ich halte mein Arschloch hin, wenn sie wollen", seufzt sie und lässt es mit sich machen. Sie hält hin und rein und raus fährt der Schraubendrehergriff und drückt jedes Mal ihre Rosette ein und stülpt sie wieder heraus. „Bitte nochmal nass machen, bitte", wimmert sie, denn es droht trocken zu werden da. Sie hat ihre Finger angespuckt, führt und sucht mit ihrer kleinen Hand zwischen ihren Beinen. Er zeigt sich gnädig, zieht für einen kurzen Moment den Griff aus ihrem Po und sie kann den Speichel in ihre Rosette abstreifen. Und wieder hinein. Debby japst und mit schnellen Bewegungen geht es weiter, nun besser geschmiert.
„Oh Gott!", seufzt sie erneut und weiß nicht wohin mit sich. Sie muss so stehen bleiben, sie kann nicht weg und so ungeheuer ist, was da passiert. Es tut gut und dann wieder nicht.
Sie beugt sich weiter vor, so dass ihr Hintern jetzt ihre höchste Stelle ist, so kann er besser in ihren Darm. Hinein, hinaus stampft der Griff und ihre Rosette wird gequält. Sie wimmert. Eine Minute, noch eine Minute. „Ja, zeigen sie es meinem kleinen Arschloch, zeigen sie es ihm", grunzt sie nur trübe und fordert das Gegenteil von dem, was sie will.

Vier Minuten. „Ich liebe es", seufzt sie und alle Glieder tun ihr weh, denn alles verkrampft. Sie scheint nur noch aus Arschloch zu bestehen, nur noch das zählt. Schon zwei Mal hat sie neu mit Spucke nachschmieren dürfen.
Endlich stoppt er und der Schraubendreher steckt in ihrem Po. Er tritt einen Schritt zurück und als sie sich langsam ächzend herumdreht und aufrichtet, stehen Schweißperlen auf seiner Stirn.
Ihr Rücken tut weh und in ihrem Poloch sirrt es. Schwer atmet sie und auch er schnaubt und schüttelt seinen Arm. „Dankeschön, das war geil", spricht sie, weil sie nicht weiß, was sie ansonsten sagen soll.
Er nickt nur und schüttelt seinen strapazierten Arm. „Lass drin", brummt er und Debby bedankt sich, dass sie den Griff in ihrem Hintern lassen darf.
Das letzte Pizzastück zieht er von seinem Teller, sie geht in die Knie und nimmt Spülbürste und Teller auf. Der Schraubenzieher gleitet nicht heraus und nach unten gerichtet steht der eiserne Stab.
„Wow, danke, das kribbelt aber noch", haucht sie, hält die Finger auf ihrem Po. Um das Löchlein ist es noch ganz heiß. Sie lächelt und er starrt zurück. Ihr schaudert. Das ist wieder dieser starre Blick von ihm. Sie verabschiedet sich und stöckelt davon.

„Euer Vater hat mir einen Schraubendreher in den Po geschoben, das ist viel cooler als die Bürste", berichtet Debby begeistert, als sie in die Küche zurückgekehrt ist.
Sehr beeilt hatte sie sich und steht nun wie zuvor am Tisch nur diesmal mit der Spülbürste in der Hand und strahlt.
„Er hat was?", knarrt Wolle entsetzt und schaut sie mit hochgezogenen Augenbrauen an. Auch Kink kann nicht glauben, was er da hört.
„Naja, die Bürste ist mir rausgefallen und dann hat er mir den Schraubenzieher hineingedrückt, also nicht wirklich er, also ich probiert und dann hat es nicht funktioniert ...", stammelt sie und muss überlegen, wie es denn in

Wahrheit gewesen ist. Dass er minutenlang ihren Hintern gefickt hat mit diesem Ding, will sie nicht erzählen; das geht die Jungs nichts an und es ist ihr unangenehm.

Stolz zeigt sie den Schraubenzieher vor, der in ihrem Hintern steckt und dreht sich wieder herum.

„Dann kann es doch nicht so ganz schlimm sein mit mir oder, dann schickt er mich doch nicht weg, wenn er so etwas macht, oder was denkt ihr?", fragt sie.

Sie muss wieder näher, heran an den Tisch, diesmal zu Kink. Er schaut bemüht streng und wieder fahren Finger in ihren Schlitz und ihr G-Punkt wird gedrückt. „Uhhh, das ist schön", schnurrt sie und steht sehr gerne so mit aufgedrückter Muschi. Das wird eine schöne Routine.

Kink grinst, lässt sich aber nicht beirren. „Natürlich mag er dich, du geiles Flittchen. Jeder mag dich, wenn du so hier herumläufst", drängt er und drückt in ihrer Muschi. Debby schluckt und schaut ihn an.

„Er hat mich mit dem Schraubenzieher in den Hintern gefickt. Minutenlang", gesteht sie jetzt doch. Sie kann das nicht verheimlichen, nicht einfach so, nicht, wenn sie so vor Kink steht.

Der staunt und schaut sie verwundert an. „Er hat was?", will er wissen und Debby erklärt, was geschehen ist. „... und minutenlang und immer weiter in mein kleines Arschloch, ich bin beinahe verrückt geworden, aber was hätte ich machen sollen", beschwert sie sich und sie muss vorzeigen, wie es geschehen ist und auch Kink und Wolle möchten das ausprobieren.

So muss sie also wieder, steht vorgebeugt, diesmal in der Küche und es wird in ihrem Hintern gerüttelt. „... och man, immer in meinen kleinen Arsch, immer der", wimmert sie und möchte sich am liebsten wehren, aber Wolle hält sie fest. Sie hat gar keine Chance und beide Brüder gängeln sie und halten sie fest, während sie ihren Hintern mit dem Schraubendrehergriff penetrieren. Egal, wie sie mit ihren dünnen Beinen und kratzenden Highheels zu entkommen versucht, auf dem glatten Boden hat sie keine Chance. Wolle könnte sie schließlich

einfach unter seinen Arm klemmen, wenn er das will, Fliegengewicht, das sie gegen ihn ist.
Schließlich lassen die Jungs Debby frei und sie zieht sich vor die Spüle zurück und reibt über ihren Po. Sie macht ein verärgertes Gesicht, aber richtig böse ist sie den Männern nicht. War ja auch irgendwie geil.

Kapitel 14

„Ich hab doch gesagt, es ist zu spät", schnaubt Kink. „Manchmal stehen sie auch so spät noch", widerspricht Wolle und schaut unwillig aus der Seitenscheibe.

Sie sind enttäuscht. Alle drei sitzen sie in Kinks rostigem, alten, Lkw mit dem vor Müll überquellenden Fußraum und starren auf die kleine Schotterfläche auf der anderen Straßenseite.

Die Idee war nach dem Melken entstanden. Die Kühe waren versorgt und aus einer Unterhaltung heraus wurde beschlossen, dass sie Debby einmal zeigen, wie es aussieht, wenn die Nutten oben auf der Bundesstraße am Straßenrand stehen. Und es stimmt, Kink hatte gesagt sie seien zu spät und es ist ja schon nach neun am Abend und die Sonne steht tief über den endlosen Feldern.

„Fahr mal da drauf, du stehst hier mitten auf der Bundesstraße", knurrt Wolle unwillig. Er sitzt auf dem Beifahrersitz und Debby nackt mit ihren obligatorischen pinken Highheels, zwischen den Männern auf dem schmalen mittleren Sitz.

Kink legt einen Gang ein, es knarrt und ruckelnd macht er die Biegung nach links und der Schotter scharrt unter den Reifen, als er auf der Fläche zum Stehen kommt.

Die müllverseuchte Schotterbahn mit ihrem kleinen Trafohäuschen liegt verlassen da. Nur Vögel ziehen am Himmel, nehmen Kurs auf ihre Schlafplätze.

Die Luft ist warm und nur wenige Wolken ziehen am Himmel.

Zigaretten werden verteilt und alle drei rauchen sie in der Fahrerkabine bei heruntergekurbelten Seitenscheiben.

„Schade, ich hätte das gerne einmal gesehen", spricht Debby und zieht an ihrer Zigarette. „Wir müssen tagsüber schauen. Morgen oder so", erwidert Kink.

Sie hatten sich darüber unterhalten, wie geil Debby das findet, diese Vorstellung wie die Mädchen stehen müssen am Straßenrand und Wolle war Feuer und

Flamme gewesen für die Idee noch loszufahren. Nutten-
gucken ist immer gut, aber jetzt ...
Wolle schnalzt mit der Zunge und betrachtet seinen
Bruder und Debby. „Wie wäre es? Ihr spielt das einmal
nach und ich filme das. Wäre das cool?", fragt er und
grinst bereits mit seinem breiten, unrasierten Gesicht.
„Wie?", fragt Debby, hat noch nicht verstanden. „Na, du
stellst dich an den Straßenrand, Kink kommt mit dem
Truck und du stöckelst zu ihm und bietest dich an, wie
die Nutten halt. Den Dress dafür hast du doch an, nix und
Highheels. Und dann legst du dich für ihn in den Dreck
und ich filme das Ganze", schlägt Wolle detailliert vor.
Debby grinst und schaut zu ihrem Freund. „Ist nur ein
Angebot", ergänzt Wolle und Kink nickt schüchtern und
ihre Blicke treffen sich. „Ja ... weiß nicht", antwortet er,
aber Tilly weiß, was sie will.

Nun steht Debby wieder am Straßenrand an genau der
gleichen Stelle wie am Nachmittag zuvor.
Die Bundesstraßen zieht sich endlos vor und hinter ihr in
dieser Einöde aus Feldern. Kein Haus ist zu sehen, kein
menschliches Wesen, nichts nur Felder, Straße und
Büsche. Und hinter ihr der mit Unrat verseuchte, weiß
schimmernde Schotterstreifen.
Die Steine und die Fahrbahn strahlen die Wärme des
Tages ab, fühlt Debby, denn der entscheidende
Unterschied zu gestern ist, diesmal ist sie nackt. Sie trägt
nichts, außer diesen pinken Highheels mit den Bändchen
um die Waden. Ohne alles und wieder weiß sie nicht,
wohin mit ihren Händen, legt sie im Wechsel auf ihren
Po, ihren Bauch oder ihre Brüste.
Ein irres Gefühl ist das so zu stehen, dabei ist sie gar nicht
allein. Der dicke Wolle sitzt zehn Meter entfernt links von
ihr und filmt sie mit der Handy-Kamera oder wartet
darauf, dass etwas passiert.
So ist es abgemacht. Kink ist mit dem Lkw losgefahren,
muss außer Sichtweite wenden, um dann bei ihr
anzuhalten und so zu tun, als ob er ein Freier und sie die
Nutte sei. Das ist der Plan.

Nicht geplant war dieses ungeheure Gefühl so an der Straße zu stehen. Debby spürt jeden Windzug auf ihrer Haut und blinzelt in Richtung der untergehenden Sonne.

„So müssen sich die Nutten fühlen", murmelt sie und grinst und weiß gleichzeitig, dass es nicht stimmt. Das muss noch etwas ganz anderes, viel intensiver sein, denn die Huren wissen nicht, was sie erwartet, wer anhalten und sie flachlegen wird. Sie weiß es. Kink wird kommen, ihr lieber Kink. Aber trotzdem, es ist ein sehr intensives Gefühl und es ist ihr kaum möglich still auf der Stelle zu stehen. Es zuckt und zappelt in ihr. Debby ist an. Sie könnte sofort ... eigentlich, aber Kink ist noch nicht da.

Da! Ein Fahrzeug zeichnet sich ab am Horizont und Debby freut sich schon, doch es ist nicht Kink mit seinem schäbigen Laster, es ist ein Pkw.

„Da kommt ein Auto", ruft sie zu Wolle, fährt mit ihren Händen über ihren nackten Hintern und ihr Herz rast, denn so war das nicht gedacht. Da sollte kein fremdes Auto sein und sie am Straßenrand stehen. Wolle lacht, hat eine Kippe im Mundwinkel und das Handy ausgerichtet auf sie. „Schön stehenbleiben und Nutte sein", fordert er und Debby zwingt sich, bleibt tapfer wie befohlen. Mit großen Augen betrachtet sie das Fahrzeug, das immer näherkommt, schiebt einmal an ihrem platinblonden Haar herum aus lauter Verlegenheit. Überall prickelt es, was für ein Gefühl. Ihr ist wirklich, als biete sie sich Fremden an.

Ein Skoda in Dunkelblau und er verzögert nicht, zieht ungebremst an Debby und der Schotterausfahrt vorbei und lässt sie im Fahrtwind zurück.

„Sehr schön, im Kasten", meldet Wolle zufrieden von seinem Stein und winkt mit seinem Handy. Debby lächelt ihn schüchtern an und die Spannung fällt von ihr ab. „Eh, du hast ja gar keine Ahnung, was das für eine Panik ist", ruft sie ihm zu und er lacht und hält seinen Daumen hoch.

Ihm gefällt es offensichtlich, wie sie da wartet auf ihren Highheels splitternackt. „Du siehst fabelhaft aus du nacktes Flittchen, sehr echt. Also ich hätte angehalten", scherzt er in ihre Richtung und sie streckt ihm die Zunge heraus.

Unverschämt im offenen Gelände. Vögel fliegen, Grillen zirpen und sie steht einfach so. Debby streicht mit ihren Händen über ihre blanken Brüste, den Leib hinab. „Und so stehen die Huren den ganzen Tag in der Sonne ohne jeden Schutz und wissen nicht, wer sie als Nächster fickt", kommt ihr als Gedanke in den Sinn und ihr wird heiß. Was für ein irrer Gedanke! Feucht schießt es in ihren Schlitz. Das prickelt und drückt in ihr und wieder weiß sie nicht wohin mit ihren Händen. Sie schiebt sie über ihren Bauch, ihre Hüfte, meidet die Scham und wieder über ihren Po.

„Na, wirst du geil?", meldet Wolle von der Seite und Debby nickt und lächelt ihn an. „Irgendwie schon", ruft sie zurück und strahlt. „Sehr gut, dann will ich gleich Aktion sehen", freut er sich und winkt mit dem Handy.

Wieder erscheint da ein Fahrzeug am Horizont und diesmal ist es Kink. Sie erkennt den klapprigen Lkw sofort. Viel zu langsam nähert er sich, findet sie, wird in Zeitlupe größer im Licht der letzten Sonnenstrahlen.

Debby freut sich und als er verlangsamt und an ihr vorbei auf den Schotterstreifen einbiegt mit knirschenden Reifen, streicht der Fahrtwind über ihre Haut.

Sie stöckelt hinter ihm her, balanciert mit abgewinkelten Armen über den groben Schotter, bemüht sich nicht mit den dünnen Absätzen zu versinken, was nicht einfach ist. Nackt und hilflos auf rosa Heels. Als sie den Lieferwagen erreicht streicheln die letzten Sonnenstrahlen ihre Haut und Kink steht betont lässig an die Pritsche angelehnt mit überschlagenem Bein und betrachtet sie. Sein T-Shirt und seine abgeschnittene Jeans wirken übergroß an seinem schlanken Leib.

Debby bleibt stehen, streicht ihr Platinhaar zurück und weiß Wolle mit dem Handy schräg hinter sich. Sie wird gefilmt und tatsächlich macht das etwas mit ihr: Sie strengt sich besonders an, will besonders dekorativ stehen und drückt ihren Rücken durch; stellt die Beine eng, aber nicht zu eng, damit man etwas sehen kann, wenn er von hinten-unten filmen sollte in ihren Schlitz.

„Hi, willst du mich ficken?", presst Debby heraus und kommt sich sofort dumm dabei vor. Das klingt so platt, so kurz. So machen das die Huren bestimmt nicht und richtig, Kink verzieht das Gesicht. Sie hat es nicht gut gemacht, denkt sie noch, da versteht sie, dass auch er nur spielt. Seine Augen leuchten, er ist begeistert, sieht sie ein. Also ist doch alles gut und wieder steht sie gerne so.

„Kostet alles das Gleiche, du kannst alles mit mir machen, wie du willst ", ergänzt sie schnell und gut fühlt sich das an. Das war ein guter Satz. Und gelogen ist es nicht, denn in ihr rauscht es. Kink dürft machen mit ihr, was er will, egal was, schön wäre das und kaum gelingt es ihr still zu stehen.

„Wieviel?", fragt er und grinst sie an. Debby strahlt zurück. Ach, wie sehr sie dieses Gesicht liebt, so schön gleichgültig gespielt und in Wahrheit ist es lieb gemeint.

„Dreihundert", spricht sie keck und Kink stutzt, scheint ehrlich überrascht zu sein. Sie kichert. „Ne, quatsch, fünfzehn, war ein Scherz", grinst sie und streicht über ihre nackten Tittchen auf und ab.

Skeptisch, aber mit leuchtenden Augen, schaut er an ihr herab. Er verzieht wieder sein Gesicht, scheint unwillig zu sein.

„Bist du denn eng? Ich mag so weite Muschis nicht", spricht er gelangweilt und Debby nickt eifrig. Natürlich ist sie eng, was für eine freche Frage von einem Freier ist das denn?

Der Schotter knirscht, denn Wolle gleitet seitwärts mit dem Handy im Anschlag an ihr vorbei, steht jetzt so, dass er Debby frontal mit der Kamera erfasst. Nur für einen kurzen Moment springt ihr Blick zu ihm, dann wieder zu Kink zurück.

Ihr schaudert, es ist so verrückt, was sie hier macht vor den beiden Brüdern so nackt. Es gibt diese kurzen Momente, da wird es ihr klar. Wundergut.

„Ich bin ganz eng. Willst du mal fühlen?", fragt sie und dreht sich bereits um. Sie präsentiert ihren Hintern, steht nach vorne gebeugt und zieht – wie gut eingeübt das schon ist – an ihren Pobacken.
Kink hat sich von der Pritsche gelöst, schiebt betont lässig zunächst einen, dann zwei Finger in ihre Muschi. Wolle ist nah mit der Handykamera und hält alles fest, filmt ihr Poloch, ihren Schlitz und wie sie da steht und um ihr Gleichgewicht ringt.
Es peitscht in ihr und sie kann sich kaum halten in dieser Position. Das ist geil so vorgebeugt zu hocken und sich zu präsentieren, sie liebt das so sehr. Eine Neuentdeckung ist das. Vor zwei Tagen hätte sie das noch nicht gedacht, aber da war sie ja nicht immer nackt. Aber jetzt: Es ist ein wunderbares Spiel.
Kink testet ihre Muschi, hat seinen Finger hineingesteckt und sofort rinnt Saft sein Handgelenk entlang. „Na, da ist aber jemand nass", gluckst er und Debby lacht. „Natürlich, das ist ja auch total geil so zu stehen", kontert sie und verliert beinahe ihre Rolle. Es ist eben doch ein privates Abenteuer und kein Nuttendienst. Es ist Kinks Finger, der da in ihr steckt und genau das ist das tolle, eigentlich.
Ihr Hintern wird erprobt und Debby ist stolz, wie ohne jeden Widerstand ihre Rosette nachgibt. Langsam aber sicher hat sie gelernt, dass es okay ist, wenn etwas oder jemand Einlass begehrt. Das darf so und also freut sie sich, wie er in ihrem Enddarm spielt. Wolle macht eine Nahaufnahme, wie Kinks Finger in ihr kleines, glänzendes Löchlein taucht.
„Soll ich mich einmal an deinen Schwanz hängen, kostet auch nichts", bietet Debby an und die beiden Brüder sind angetan.
Sie dreht sich herum, geht eilfertig in die Hocke, freut sich nicht nur für die Kamera sichtbar erwartungsfroh und Kinks Schwanz pendelt vor ihrem Gesicht. Betont langsam nimmt sie ihn in die Hand und dann in den Mund. Es soll ja gut aussehen und Freude macht es auch.

So ist es gut. Das ist schön. Über den warmen Steinen am Straßenrand splitternackt zu hocken und zu blasen. Das ist ein schönes Gefühl. Debby schließt ihre Augen und genießt den warmen Schwanz in ihrem Mund, die Luft auf ihrer Haut, die Highheels, in denen sie hockt.

„Das sieht super aus, richtig geil du kleiner Nackedei", kommentiert Wolle. Er hat die Aufnahme unterbrochen, hält das Handy locker in der Hand und betrachtet Debby die versonnen am Schwanz seines Bruders lutscht.

„Ich liebe es, das könnte ich den ganzen Tag", antwortet sie und strahlt und nimmt den Schwanz wieder in ihren Mund.

Zwei Minuten geht das so. Autos rauschen auf der Bundesstraße vorbei. Wolle nimmt noch eine kleine Aufnahme von ihr aus anderer Perspektive, aber dann unterhalten die Männer sich und Debby darf in Ruhe blasen.

„Und jetzt ficken. Du sollst gefickt werden", erklärt Wolle mit neuem Eifer. Die Männer haben eine Zigarette geraucht und Debby hängt noch immer an Kinks Schwanz und saugt. Sie macht langsam die ganze Zeit. Er soll nicht kommen, darum geht es nicht. Es ist einfach schön, als nackte Frau am Schwanz eines Mannes zu hängen, das ist das Ziel, denn das ist ein schönes Gefühl.

Mit steifen Gliedern richtet sich Debby auf. Ihr Rücken tut weh und ihre Beine sind beinahe eingeschlafen, war sie doch zehn Minuten in dieser Position. „Nochmal, mach das nochmal, stehe nochmal so auf, das ist gut", fordert Wolle begeistert und hält das Handy neu gezückt.

Also muss sie wieder runter, rückt wieder an Kinks Schwanz und nimmt ihn in den Mund. Nun für die Kamera: Langsam löst sie, lächelt und wie in Zeitlupe erhebt sie sich, breitbeinig stehend, streckt den Po heraus und drückt den Rücken durch. Ihr platinblondes Haar pendelt in der warmen Brise.

„Sehr geil, sehr geil", ist Wolle begeistert und kaut auf seiner Unterlippe vor Konzentration, damit er bei seiner Aufnahme auch nu ja nichts verpasst. Debby leckt ihr glänzenden Lippen, streichelt mit ihren Händen über ihre Brüste. „Da willst du mich ficken?", lockt sie Kink und für die Kamera.

„Kannst du zufällig pissen oder so, das wäre geil, das fände ich gut?", fragt Wolle und ist noch immer begeistert von Debby und der Situation. Das wird ein guter kleiner Film und sollte sie pinkeln, wäre das ein Sahnebonbon. Wer findet das nicht gut, wenn das Nass einer jungen, nackten Dame aus der Rinne spritzt.

„Hier, so, jetzt?", „Ja genau so, hier, das wäre heiß", erwidert er, zeigt in der Gegend herum und Debby tastet in sich hinein. Ja, wäre möglich. Ihre Blase ist nicht leer. Wenn sie sich Mühe gibt, könnte sie.

Es dauert einen Moment und die Jungs schauen zu, blicken erwartungsvoll auf ihren Schlitz und warten, dass es tropft. Aber nichts. Der kleine Schlitz bleibt trocken und Debby weiß nicht recht, wie sie sich stellen soll. Das lenkt alles ab.

„Du sagst Bescheid?", fragt Wolle, hält das Handy an ausgestrecktem Arm im Anschlag. „Ja man", antwortet sie genervt. Eine Böe warmer Luft streicht über ihren Körper, durch ihre Beine hindurch. Was für Kleinigkeiten man alles spürt, ist man nackt und wird nicht von irgendwelchen Aktivitäten abgelenkt. Alles spürt sie auf ihrer Haut.

Endlich: Ein scharfer Strahl schießt von ihrer Muschi in den warmen Kalksteinschotter. Es hat funktioniert. Es währt zwar nicht lange, nur ein kurzer starker Strahl und er versiegt, lässt ihren Schlitz glänzend zurück. Kleine Tropfen haben ihre nackten Füße in den Highheels benetzt, aber das macht Debby nichts aus.

„Das war heiß. Frauen sollten immer so pissen", fordert Wolle und Debby freut sich über das Kompliment. Das war gar nicht schwer, das hat sie gerne gemacht für den Film und die Jungs.

„Und jetzt wird gefickt. Wie machen wir das?", fragt Wolle, scheint voller Energie und grinst Kink an.

„Ich will in den Dreck, wie die Nutten", spricht Debby begeistert, strahlt und klatscht in ihre Hände. Dieses Spiel macht so einen unglaublichen Spaß, ganz aufgeregt ist sie und tänzelt auf der Stelle.

„Ja, finde ich auch", brummt Kink und lächelt. Debby stutzt, da ist so ein Unterton, eine Nuance in seiner Stimme, die sie so noch nicht kennt. So ist er doch sonst nicht, zögert doch immer, aber das hier klang anders und neu.

Tatsächlich ist es Kink, der vorauseilt und Debby muss hinter ihm her. Er bestimmt die Richtung, weiß genau wohin, steuert den schmutzigen Flecken hinter dem Trafohäuschen an und Debby hat ihre liebe Mühe Schritt zu halten mit ihren Highheels auf dem schwierigen Untergrund, denn Kink hat es eilig. Wolle hält sein Handy als Kamera und folgt ihnen. Es ist ein lustiges Bild, wie die nackte Frau genötigt wird und mühsam balanciert.

„Hier, da. Leg dich da drauf du nackte, kleine Nutte", fordert Kink grinsend und tritt mit seinem Arbeitsschuh gegen eine abgewetzte halbe Matratze. Sie ist fleckig, verschmutzt und abgerissen. Schaumfetzen hängen an dem Ende heraus. Halb im Grünstreifen liegt sie hingeworfen, links und rechts verrotten alte Dosen, Papier und Unrat zwischen Erde und Gestein.

Artig setzt sich Debby auf das dreckige Ding und streckt tastend ihren nackten Körper aus. Für ihre dünnen Beine und die Highheels reicht die Matratze nicht, sie liegen auf dem Schotter, mit den Absätzen aufgestützt.

„Okay, dann fick das kleine Nüttchen mal. Hab Spaß", säuselt Debby und strahlt. Das wird gut. Genau so hat sie es sich vorgestellt. So oder so ähnlich muss das für die Nutten sein und die Matratze kratz fürchterlich, aber egal. Das wird jetzt geil.

Sie präsentiert ihren Körper, liegt breitbeinig und bereit zur Benutzung. Kink hat sich von seiner Hose befreit und sein Schwanz springt und flitscht bei jeder Bewegung hin und her.

Und hinein ... es ist wunderbar und Debby strahlt. Ja, es ist unbequem und die Matratze ist zu kurz, kratzt und stinkt, aber ihr Freund steckt in ihr. Wieder steckt er in ihrem Loch. Es ist so schön. Wie sehr hatte sie sich einen Freund gewünscht, gefühlt jahrelang, und nie war es etwas geworden, denn alle waren bescheuert zu ihr. Und dann, ausgerechnet gestern, wo sie in dieser Einöde am Rande der Verzweiflung stand, genau hier an dieser Stelle am Straßenrand, ausgerechnet da trifft sie Kink. Wie wunderbar.

Und: Egal, was sie tut, scheinbar ist alles attraktiv. Was für ein warmes Gefühl!

„Das ist so schön, dass du mich so oft fickst", flüstert sie, denn er ist nah über ihr. Sie streichelt sein T-Shirt, fährt mit den Händen darunter, streichelt seinen nackten Rücken. Rein und raus fährt sein Schwanz in ihr Loch. „Fällt nicht schwer, wenn du den ganzen Tag nackt herumläufst", knurrt er und grinst. „Das mache ich jetzt immer, mich gibt es nur noch nackt", flüstert sie zurück, gluckst und sie küssen. Oh wie schön. Ihre Beine scheuern unangenehm auf dem Schotter, aber es ist Debby egal. Einfach schön ist es und Debby genießt.

„Hast du es bequem?", flüstert er und sie leuchtet ihn an. „Ja habe ich und ich wollte schon immer einmal am Straßenrand gefickt werden", haucht sie zurück.

„Kannst du haben", grinst er gespielt böse und intensiviert. Wieder wird geküsst, schneller wird es jetzt. Er drückt sie in die Matratze, seine Hände pressen ihre Brüste, er hält ihren Körper gepackt und fickt. Hinein und hinaus in das nasse Loch. „Ja, fick die kleine Nutte, zeig es ihr, ich liebe es, wenn Kunden begeistert sind", frotzelt sie und ihre Augen funkeln ihn an..

Wolle steht im Hintergrund und filmt hochzufrieden. Debby streckt ihm in einem kecken Moment die Zunge heraus.

Kink schiebt seine Hand über ihren Mund und hält ihn zu. Nun bekommt sie nur noch durch die Nase Luft und alles wird anders mit einem Mal. „Na warte, du Flittchen, dir zeige ich es", faucht Kink kaum hörbar in ihr Ohr. Es wirkt. Das macht etwas und in Debby spannt etwas an. Es wird intensiver. „Den ganzen Tag so herumlaufen du kleines Aas, du machst uns alle verrückt, du verdammtes Biest", faucht er weiter, feuert sich an und fickt.

Es schmerzt, es tut weh, die Matratze federt diese Hübe nicht ab, aber es ist geil und sie ignoriert den Schmerz, hat keinen Sinn dafür, starrt ihn nur an mit großen Augen und kämpft um Luft. Sie ringt und windet sich, doch der schmale Kink lässt sie nicht frei, fickt und fickt und fickt. Da ist ein Beben, etwas sehr merkwürdig Intensives ist in ihr und ergießt sich als Gefühl. Sie zittert unter ihm, eine Art Orgasmus in klein, doch Kink hört nicht auf, hat sich in sie verkrallt, drosselt ihre Luftzufuhr und fickt Debby hinein in Matratze und Gestein.

Und wieder diese Anspannung, wieder Entladung. Debby fliegt und atmet bemüht und hält hin. Alles sirrt und ihr wird trübe vor Augen. Wunderbar schön, hart, angespannt.

Als er kommt und in sie spritzt, ist sie wie erstarrt, schwebt seit Sekunden schon. Das wars. Keuchend hängt er über ihr, aber sie bewegt sich nicht, auch nicht, als er seine Hand von ihrem Mund löst. Nur langsam atmet sie tiefer ein.

Einen Kuss bekommt sie auf die Lippen gedrückt und erwidert ihn kaum. Dann steht Kink auf und steigt in seine Hose.

Debby liegt verschwitzt und glänzend ausgestreckt auf der schmutzigen Matratze, schluckt hart, starrt in den Himmel und Sperma quillt aus ihrem Schlitz. Langsam kehrt die Welt zu ihr zurück, sie begreift wieder, wo sie ist. Es war, das war ... sinnt sie, aber versteht es nicht. Da ist eine Ruhe in ihrem Körper, so schön, dabei atmet sie schnell, holt Atem nach, aber innerlich große Stille ist.

„Was ist los? War der Fick so geil du kleine Bitch?", will Wolle wissen und kickt einmal gegen das Matratzenstück. Längst hat er sie fertig-gefilmt, wie sie da liegt und sich nicht rührt, denn das Bild ist heiß. Eine benutzte Nutte im Dreck, genau so sieht es aus.

Debby erwacht aus ihrer Trance und blinzelt zu ihm hinauf. „Ja, das war super", stammelt sie, schiebt an ihrem Haar und steht auf.

„Das war toll und wie du mir den Mund zugehalten hast, darauf stehe ich, das war super", ist Debby auch nach drei Minuten noch begeistert. Sie stehen zusammen die beide Brüder angezogen und Debby nackt. Sie hat sich an Kink gehängt, balanciert auf dem wackeligen Grund und ihr Freund bekommt einen Kuss. Sie strahlt sehr zufrienden, leuchtet vor Freude sogar, denn der Fick hat sie inspiriert. Irgendetwas daran war neu.

„Sie mag es im Rinnstein", spricht Wolle, grinst und zieht an seiner Kippe.

„Ja, sieht so aus", gluckst Kink. Er sieht hochzufrieden aus, denn auch ihm hat das Spaß gemacht. „Du warst total cool, so bestimmend, ich mag das", erklärt Debby und er bekommt noch einen Kuss. Dicht hängt sie an ihn gedrängt mit ihrem nackten schlanken Leib und ihre Lippen schmecken gut. Kink blinzelt durch ihr blondes Platinhaar. Noch immer kann er nicht glauben, dass es Debby jetzt in seinem Leben gibt, dass eine Frau wie sie sich in diesem Moment so an ihn schmiegt. Er fühlt ihren Körper, ihre warme Haut, ihre freche Zunge in seinem Mund. Er wird alles tun, damit sie ihm erhalten bleibt.

„Ich mag es, wenn du bestimmst und mich benutzt. Ich liege gerne im Rinnstein auf dreckigen Matratzen und ficke für dich", flüstert sie in sein Ohr. Er freut sich und grinst, streicht mit den Händen über ihren nackten Rücken hinab zu ihrem Po und wieder hinauf.

„Willst du nochmal?", fragt er unsicher. Da ist mehr Bedenken als Wollen. Debby aber strahlt und nickt. „Au ja, gerne", stimmt sie zu.

„Wir brauchen erst einmal eine Abschiedsszene für das Filmchen", interveniert Wolle und sie diskutieren, was geeignet ist für den letzten Take. So viel Mühe haben sie sich gegeben, da soll es auch stimmig sein bis zur Endszene.

„In den Arsch, fickst du mich einmal in den Arsch, das hast du noch nie", quengelt sie, steht wieder einen Schritt zurück und massiert ihren Hintern. Das wäre doch nett, in den Hintern oder nicht. Die Vorfreude lockt, das wäre so fein. Sein Schwanz hintendrin, sehr privat. Sehr intim stellt sie sich das vor.

„Das willst du? Hier im Straßengraben in den Hintern?", fragt er ungläubig. „Ja und ganz generell. Nicht immer nur Finger, Spülbürsten oder Schraubenzieher, ich will, dass ihr mich nacktes Mädchen in den Hintern fickt", gibt sie zurück und ihre Augen leuchten inspiriert.

„Ja, das wäre cool. Ich halte auch ihre Beine fest. Beim ersten Mal wehrt sie sich bestimmt bei anal", erklärt Wolle selbstlos. Er scheint von seiner Hilfe angetan zu sein, seine Hände reiben ineinander. Er wäre bereits so weit.

Kink schluckt. Einerseits ist er begeistert. Natürlich würde er gerne einmal in Debbys Hintern hinein mit seinem Schwanz. Analsex. Er hat es sich nur noch nicht getraut. So kennt er das nicht, nicht mit einer richtigen Frau, einer die keine Hure ist.

Er will, andererseits weiß er nicht, ob er bestehen kann. Schon wieder Sex, schon wieder wäre sein steifer Schwanz gefragt und dann hintendrin? Muss er dafür nicht steinhart sein, fragt er sich, denn er weiß es nicht. Da kennt er sich nicht aus, denn die Huren zählen nicht. Irgendwie ist alles anders mit Debby, diese Erfahrungen mit den Nutten sind bei ihr nichts wert.

Also druckst er herum. Schlägt ein andermal vor, aber Debby ist Feuer und Flamme. Und wenn schon nicht anal, eine neue Aufnahme vielleicht, ein anderes Set? Irgendetwas mit „als Nutte an der Straße stehen" sollte es sein, denn das fand Debby geil. Das war einfach ein schönes Gefühl gewesen, sich einem Mann anzubieten, und auch wenn es der eigene Freund gewesen ist.

„Wie wäre es, wenn Wolle den Freier spielt und mit dem Lkw kommt?", fragt Kink. Debby ist sofort begeistert. „Neuer Freier, neues Glück", spricht sie und zwinkert Wolle zu. Sie klatscht sogar in die Hände und wippt. Dessen Augen springen hin und her zwischen dem Paar, aber sein Bruder scheint keine Schwierigkeiten mit der Idee zu haben, also grinst er breit.

„Au ja, ich hocke mich als nacktes Flittchen an den Straßenrand und blase ihm einen, wo es alle sehen können, die Autos vorbeirauschen und du filmst mich dabei", freut sie sich sofort.

„Ne, du lässt dich ficken vom ihm. Die gleiche Szene wie mit mir, nur mit ihm, oder ist das ein Problem für den Nackedei?", fragt Kink keck und grinst. „In die Muschi?", fragt Debby und kann nicht glauben, was sie da hört. „Ja sicher in die Muschi. Du bist eine Nutte, stehst am Straßenrand und mein Bruder hält an und du legst dich für ihn in den Dreck und lässt dich ficken", schlägt Kink neu vor.

Debby schaut in an und ist erstaunt. Damit hat sie nicht gerechnet. Unsicher schaut sie zu Wolle, der aber ginst breit und reibt wieder seine großen Hände.

„Also ich bin dabei", stellt er zufrieden fest. „Willst du das nicht? Willst du dich nicht von meinem Bruder ficken lassen?", fragt Kink und klingt ungewohnt selbstbewusst. Debby wird klar, er hat da etwas gefunden, was er kann, was wie von selbst zu fließen scheint. Es fällt ihm offensichtlich leicht so zu sein.

„Klar, natürlich darf Wolle mich ficken, wenn du das willst", antwortet sie angestrengt. Es presst in ihr und ist ein freches Gefühl. Sie weiß nicht, was sie denken soll. „Du lässt dich begrabschen und bläst und lässt dich artig rammeln?", will Kink wissen und sie nickt. „Ja, ich lasse mich rammeln", antwortet sie schüchtern, denn jetzt schauen beide Brüder sie an.

„Na, dann ab mit dir an die Straße du nackte Bitch. Warte auf Kunden", spricht er bemüht locker, obwohl es doch zärtlich klingt. Debby lächelt verzagt. Einen Kuss noch muss sie abliefern bei ihm, einen Kuss, der Vertrauen schafft, dann bekommt sie einen Klaps auf den Po und stöckelt mühsam an den Straßenrand auf „Kundenfang".

Ausblick

Beide Brüder haben ihren Faible für Debby entdeckt, was wahrlich kein Wunder ist. Debby macht das ja auch wunderbar und kommt mit beiden auf ihre Art zurecht.

Ob sie eigentlich bemerkt, dass sie immer tiefer eintaucht in etwas, immer tiefer versinkt, oder vielleicht ist sie zu geblendet von all dem Spaß. Dass es weiter geht, ist ja klar.

Ich hoffe, die Erzählung gefällt und du bist auch im vierten Teil dabei.

Bis dahin, lieben Gruß,

Anabelle Niru

Empfehlungen aus
Kap Kishon

Kap Kishon ist eine Romanlandschaft. Es ist eine erdachte Umgebung, ein Spielort für Romane, Romanserien, Erzählungen und Krimis. Auf Kap Kishon geht es nicht so nüchtern zu, die Moral ist nicht so streng, wie in der Realität und so kann sich dort freier entfalten, was sonst immer so sehr eingeschränkt wird: die Sexualität
Teils sind die Erzählungen frei erfunden, teils sind sie der Realität entnommen. Schau einmal hinein, vielleicht ist etwas für dich dabei. Es ist ganz verschieden und für unterschiedliche Geschmäcker.

Abby Band 1 bis 3 – ein sirrend schöner Auftakt einer sexuellen Romanreihe. „Erotik" träfe es nicht, denn es ist mehr. Mitgenommen wird der Leser bei der sexuellen Entwicklung einer jungen Frau.
Was als Scherz gedacht war, weckt Abbys Sexualität und die ist gewaltig und wunderschön. Zart fängt es an, aber es hört überhaupt nicht mehr auf.
Taschenbuch & E-book & Kindle

Hanna und die Räuber – Ein Roman mit schön viel Angst

Es ist kein Krimi, es ist kein BDSM, es ist ein Roman mit beidem davon. Aber Vorsicht: Was so leicht daherkommt, ist der härteste Roman aus Kap Kishon, denn Hanna macht sie alle verrückt. Entführung hin oder her, Hanna ist zu devot.
Taschenbuch, Kindle, Kindleunlimited

Kommissar Waporetzki – zwei Fälle bisher

Der Kommissar aus Bandan. Wider Willen muss er ran. Er will nur seine Ruhe eigentlich, doch er bekommt sie nicht. Wie auch? Überall gefährlich schöne Frauen.
Taschenbuch und Kindle

Elienne will nackt – Erotische Großerzählung

Elienne wollte nur ein wenig aushelfen, aber dann entdeckt sie, was ihr gefällt. Ein Riesenspaß ist es, denn sie soll die Sachen machen, die sie will.
Taschenbuch & Kindle

Schweißnackt – 42 Erzählungen aus Sexpartys und Fetischnächten
Es ist eine geheime Welt und die Vorstellungen, was dort passiert und vor allem wie sind falsch.
42 reale Erzählungen aus dem prallen Partyleben. Es geht nicht um die Erotik, es geht um das Erleben, die Schattenseiten, das irisierend Lebendige, kurzum: Szene
Taschenbuch und E-Book

Lucca und der Stier – Ein Roman über und für Männer.
Lucca Leggero hat ein Problem und weiß es nicht. Jetzt ist seine Frau abgehauen und er hat Glück und findet sie nicht. So muss er entdecken, was ihm fehlt: Kontakt zur Männlichkeit.
Sehr turbulent wird es und weit ab von sanft und Mainstream, denn die Hilfe, die da naht, ist alles andere als zart.
Taschenbuch und E-Book

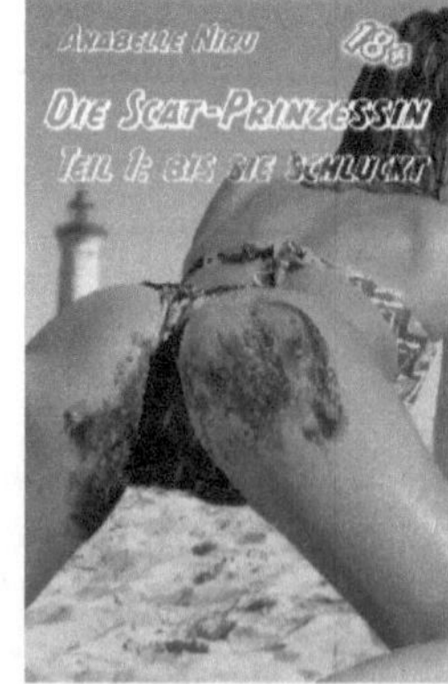

Die Scat-Prinzessin – Teil 1-20
Schmutziger geht es nicht. Eine Reise durch die Welt des Scat-Sex, dem Spiel mit Kaviar.
Das ist nicht jedermanns Geschmack, aber für die, denen es gefällt ein absolutes Muss.
Die Erzählungen um Lilly sind Kult und seit Jahren Dauerbrenner.
Taschenbuch (Sammlung) und Kindle

www.ingramcontent.com/pod-product-compliance
Lightning Source LLC
Chambersburg PA
CBHW020749160726
47993CB00006B/2677